幼女と煙草

La petite fille et la cigarette

ブノワ・デュトゥールトゥル／赤星絵理［訳］

早川書房

幼女と煙草

LA PETITE FILLE ET LA CIGARETTE
by
Benoît Duteurtre

Translated by
Eri Akaboshi
First published 2009 in Japan by
Hayakawa Publishing, Inc.
This book is published in Japan by
direct arrangement with
Librairie Arthème Fayard.

装幀／ハヤカワ・デザイン

1

ふたつの条文どちらにもおかしなところは見当たらなかった……それなのに、両者は真逆の結論を導くのだった。

死刑囚デジレ・ジョンソンは法に認められた正当な権利の範囲内で行動し、刑罰の適用に関する規定第四七条の話を持ち出した。その条項は、彼に死刑執行前の最後の一服を認めている。ところが彼の横にいる刑務所長のクァム・ラオ・チンは、デジレ・ジョンソンが最後の煙草を吸うことを禁じる、所内規則一七六のb節を厳格に適用していたのである。一年前、公衆衛生保護を目指す複数の組織の圧力を受けて書き加えられたこの付則は、塀《へい》の中での喫煙を禁じていた。たしかに、死刑囚の健康を守るという考えは、そこに手のこんだ残酷さを見るなら話は別だが、当惑を招《まね》きかねないものではある。それでも、大部分の人のためとなるこの手の対策は、いかなる例外も容認しそうになかった。ただ、他方へ視線を投じると、第四七条は空文化してはいたものの、囚人がそこに最後の望みを吐き出す喫煙を明らかに認めているのだ。

デジレ・ジョンソンは自分を待ち受ける運命には関心がなさそうなものの、あからさまにかたくなな様子だった。そう、処刑室につながるこの控《ひか》えの間では、死刑囚と施設の責任者が静かなやりとりでせめぎ合っている。死刑囚は、頭をドレッドヘアにした背の高い黒人の若者で、非常に落ち着いていた。施設の責任者は、法学の学位を持つベトナム人で、きわめて現代的な当刑務所の長に最近任命されたばかりであり、年に約十回実施される死刑を滞りなく行なうのがその役目だった。アジア人特有の彼の小柄な身体は、その内側で起きている激しい動揺のせいで緊張しているようだ。任務をミスなく果たそうとする意志、規則違反への恐れ、決定を下すという責務が、そのとおりの順序で繰り返し彼の頭に浮かんだ。やがて声となって口から出たが、その声は機械的で自信のなさをさらけだしていた。

「お願いですからジョンソンさん、当刑務所の規則に即した最後の望みを言っていただけませんでしょうか」

手首には手錠をはめられ、蛍光オレンジ色の服に身を包んだデジレ・ジョンソンは、涼しい顔ながらも挑発的な様子はなく、横柄《おうへい》でもなかった。むしろ、裁判中に陪審員たちをひどく当惑させた一種の無防備さを表に出していた。そう、自宅近くの路地で四十三歳の警官を刺してもいないし金を奪ってもいないと言い張ったときの無防備さだ。あのとき、デジレ・ジョンソンは自信をみなぎらせ、たくましい両肩に挟まれた顔を正面に向け、率直なまなざしを見せながら、はっきり言っておかなければならないと思っていた。「あいつとは何度か道ですれ違ったことがありましたよ、つーか、正直、サイアクな人種差別野郎なんだぜ。もし誰かをぶっ殺したい気分になってたら、ぜったいにああいう手合いを選んでたろうさ！」容疑を裏付ける数々の状況証拠と照らし合わせると、こうした怪しげな供述は自白のごとく響いた。ただ、彼の言葉に含まれるなにか騎士道に通じるものが、傍聴者の共感を呼んだ。とくにデジレ・ジョンソンがこう付け加えたときには。「あいつが死んじまったのを悲しむ気なんてさらさらねえよ。ヤツは子どもの力になってやるどころか、嫌がらせしてたんだからな。俺なんて、生まれてからいっぺんだって子どもに悪さしたことなんかないぜ！」

法廷では、当初意見が割れていたが、やがて検事は次のような結論に達した。「ジョンソンは犯行当時、禁断症状を起こしていた。そして凶器は彼のトレーラーの中で発見された。あげくに、この憎むべき犯罪自体を容認している。よって彼は罪を償《つぐな》うべきである」ところが今朝になって、また新たにジョンソンの無邪気さからくる問題が持ち上がった。これを受けたクァム・ラオ・チンは、ジョンソンの落ち着き払った態度に苛立《いらだ》っていた。ジョンソンは飽きもせず口答えした。

「でもね、所長、ちゃんと書いてありますよ」

そう言いながら、彼は第四七条のコピーを所長に差し出した。それは刑罰の適用に関する規定から抜粋した数行の文章で、〈死刑囚は、刑の執行前に、習慣に適《かな》った最後の望みを果たすことが許されており……〉とある。習慣の概念については議論の余地が残るところだが、文には〈酒を一杯飲む、煙草を一服する……〉といった明確な例まで挙げられていた。ひと昔前に書かれたこの記述を拠《よ》り所にし、デジレ・ジョンソンは半世紀後のいま、大きな両目をさらに見開いて心配するなとでもいうように言った。

「俺はただ煙草を吸いたいだけなんだ。俺にはその権利があるんですよ」

このバカ男の言い分を聞けば、誰もがきっとこう思うはずだ。彼の関心事は、死が目前に迫っていることや若い盛りに無へ沈み込むことではなく、自分に権利があるものを獲得することだけなのだと。つまり今回の場合では、毎年世界中で多数の命を奪うあのいまいましい煙草である！クァム・ラオ・チンは十八回の死刑をすでに支障なく遂行し、うぬぼれ抜きで、自分はこの手腕に長《た》けていると思うようになっていた。さらに、民主主義に立脚する法を実際に行使するときに必要な有能さ、厳格さ、人間味を体現した人物でもあると。ただ、いままでにこのような件に遭遇したことはなく、懸命に思い出そうとしてみたが、学生時代の記憶にも、司法修習の日々にも、解決の手がかりを与えてくれるものは何もなかった。拘置所内での禁煙は当初、予想されたとおり、高いセキュリティに守られた区域で、ある種の緊張を呼び起こした。けれども結果はこのとおり。数カ月のうちに、好むと好まざるとにかかわらず、囚人たちは皆煙草をやめたのだった。施設の天井にある自動センサーは、ごくわずかの不審な煙でさえ捕らえる。そして昼夜を問わず始動するアラームに耐えられなくなった囚人たちに脅され、反抗者たちはとうとうあきらめたのだ。同じくニコチン中毒から抜け出した死刑囚たちは、もはや例の〝最後の一服〟を要求しなくなっていた。そもそも、何も要求せずに自分の最期について思いを巡らせるのが大多数だ。一方で医者たちは、ラム酒をひとなめするだけのこともやめておいたほうがいいと言う。というのは、注射する致死薬とアルコールが化学反応して、運命の瞬間に予測不可能な事態が起こるかもしれないからである。

「俺は煙草が吸いたいだけなんだよ」ますます緊迫する空気のなか、看守や検事、弁護士たちに囲まれながらジョンソンは繰り返した。

部屋は医務室に似ていて、壁には白いタイルが貼られている。壁面には薬品棚があり、種々のびんや器具が収まっていた。半開きのドアからは、隣の部屋に丈夫なベルトを備え付けた手術台のようなものが見える。この上で、死刑囚はまもなく〝手術を受ける〟のだ。そのドアとは別に左右にひとつずつあるドアは小部屋へとつながっていて、そこでは両陣営の客たちがすでに席についていた。そして、死刑囚が臨終のあえぎを見せるそのときを幕切れとするおぞましい一幕を見届けようとしていた。舞台裏で論争が長引いているのも知らずに、人々は根気良くショーの始まりを待っていた。かたやクァム・ラオ・チンは犯罪者を前に立ちすくみ、決着をつけるに足る毅然《きぜん》とした強さを自分の中に見つけることができず、複雑にもつれた状態を解きほぐそうと模索していた。何しろ、刑罰の適用に関する規定がジョンソンの求める権利を明確に認めている一方、刑務所の規則はそれを禁じているのだ。だいいち、センサーのせいで、騒ぎを引き起こすおそれがあるため、その行為は不可能だった。所長は内心、最後には良識が勝利して、皆の平和のためにとられる方法を死刑囚が受け入れてくれるものと思っていた。そこでふたたび、あえて理性に訴えた。

「ジョンソンさん、それはできない相談だとよくおわかりでしょう。煙が一筋のぼれば、アラームがいたるところで鳴り響きます。無理をおっしゃらないでください！」

この言葉にもデジレ・ジョンソンの決意は揺らがない。所長の声には憤《いきどお》りがにじんだ。

「健康にとって有害なのはご存知ですよね。ご自分の体を顧《かえり》みないというのなら、せめて看守たちの体を思いやってください。あなたの煙草がもたらす害を我慢する義務はないんですから！」

沈黙が降りるなか、クァム・ラオ・チンは別の切り札を出した。

「私どもは喜んでハンバーガーをごちそうしますよ、冷えたビールも一緒に……。ですから、この世に別れを告げる前のお望みを教えてください、ジョンソンさん」

死刑囚デジレ・ジョンソンの弁護士はというと、彼女も依頼人の要求に驚いていたが、結局は所長が取りあわずにこの問題はここまでになるだろうと考えていた。マレン・パタキ弁護士は裁判の際、一貫して、わずかな情状酌量すら勝ち取るのは無理だという態度だった。けれどもいま、ひどく頭の鈍い犯罪者がこれほどにまで大胆に、前代未聞の法的問題を手中にしていることに驚いていた。一方、彼女の向かいにいる、殺された警官の遺族に雇われた弁護士は、茶番劇を見ている気分だった。ただ彼も、所長がこのささいな最後のもめ事を手慣れた様子で解決してくれると信じていたが……。秩序の回復を全員が待ち望んでいたところに、死刑囚が、自分には悪意がないことをわかってもらいたいとばかりに弁明した。

「煙草を吸えなくなっちまってから一年経ってるんだぜ。だから俺は最後に一本吸いたいだけなんだ、その権利はあるんだからな」

「ふざけるな！」怒りの声を上げる人物がいた。「我々はバカにされてる！　さあ所長、煙草をやってくれ、それで死刑を執行しよう」

クァム・ラオ・チンは、声を上げた被害者側の弁護士に無力なまなざしを向け、医務室もどきの部屋の天井に取り付けられた煙センサーを指差した。怒り狂った弁護士は、手っ取り早い解決を促《うなが》す。彼は、人殺しが運命の瞬間を遅らせる目的でくだらない策を弄《ろう》して挑発を続けているに違いないと思っていた。これ以上待てば、その図々しい態度を許容することになる。所長は落ち着きを取り戻そうとしながら反対側に顔を向け、国選弁護人マレン・パタキと目を合わせた。すると、彼女の小さな目はぎらぎらと光っていて、突如わき起こった決意をうかがわせた。ジョンソンの強情さのおかげで、自分のぱっとしないキャリアに新しい扉が開いたとでもいうようだった。彼女は五分間ほど状況の理解に苦しんだのちに、事の先行きが見えてきたため、またとないこのチャンスを逃すまいとしていたのだった……。クァム・ラオ・チンは疲れきった声で、最後にもう一度だけ、示談に持ちこもうと試みた。

「ジョンソンさん、あなたは何とも残念な前例をつくろうとしているんですよ？　ほかの者たちも真似したくなるでしょうし……」

父親のような口ぶりだ。被害者側の弁護士は、この遠回しな手にはお構いなしに怒りを爆発させた。

「さあさあ、ラオ・チンさん、予定通り定刻に死刑を行なってください！」

そして、この医務室もどきの部屋に掛けられた、すでに八時五十分を示す時計を指差した――致死薬の注射は九時ちょうどの予定だ。もう一刻の猶予もなかった。しかし被告側の弁護士は、これまでのキャリアでは身についていないイニシアティブをとり、もったいぶった厳格な態度で、ここぞとばかりに前に出てた。

「刑務所長、申し上げるまでもありませんけど、私たちはいま、かつてない法的問題を突きつけられているんですのよ。これでは、死刑は延期せざるをえませんわ。とにかく最高裁の見解を聞かなくては」

「バカバカしい！」敵陣営が反撃する。「上訴は棄却されたんだぞ。それに大統領は恩赦を与えなかった。法律上でいえば、この男はもう死んだも同然なんだ！」

被害者側の弁護士は、はげた頭としわの刻まれた額を持ち、眼鏡をかけた知的な風貌をしていた。こうしてふいに怒りを表わすことがなければ、人文科学の教授といっても十分通っただろう。

「まったく何てことだ。あの部屋では、ご家族が辛抱強く待っているんだぞ。ご両親に奥様、それに子どもたちが。打ちひしがれながらも、死別の悲しみを乗り越えようと、十年もこのゲス野郎が身悶えするのを待ってきたんだ！」

「なあ、俺が頼んでるのは、煙草を一本吸うってだけのことだぜ」

ジョンソンは穏やかに繰り言を連ねた。敵をなだめて解決案を見出したいとでもいうかのようだ。

「最高裁に電話しませんと」マレン・パタキは壁に掛かった電話を指差しながら言い張る。その電話の横で、一時間前に、大統領の恩赦に対する無駄な期待は消え去っていた。

この相容れない要求を突きつけられ、クァム・ラオ・チンはもう言い逃れできないと実感していた。自分の決定が、どのみちいずれかの陣営を怒らせることになるのも理解していた。そして八時五十二分、当初の解決策には避けて通れない難点があることに気づいた。つまり、法の扱いを誤《あやま》って刑を執行すれば、取り返しのつかないその過失が自分にはね返って来るおそれがあるのだ。逆に、刑の執行を延期すれば、いくばくかの遅れは伴うが、被害者たちの要求に難なく応えられるだろう。所長は刑罰の適用に関する規定を軽視する人間ではないため、八時五十三分には、刑の執行を延期すべきとの認識を強めていた。そばにいるふたりの弁護士は、時計の針が進むのを不安げに目で追っていた。クァム・ラオ・チンは結論を述べようとした。が、土壇場で疑念が湧き上がった。たった一本の煙草が理由で注射を遅らせるなんて、悪い冗談と見なされて今後のキャリアに深刻な結果をもたらすかもしれない。刑の執行まであと六分となったところで、目を閉じて神の救いを求め、ついに被害者側の弁護士へ引きつった顔を向けて言った。

「大変申し訳ありませんが、手続きは法に適っていなければならず、それゆえに我々の前には解決不能な問題が立ちはだかっています。上に意見を求めなくてはなりません」

「だからって、こんな奴におじけづくというのか！」

「少しでも法律に反すれば、死刑反対論者たちの思うつぼだということをお忘れなく」

被害者側の弁護士は憤怒《ふんぬ》に駆られた。

「なら、ご家族に何と説明すればいい？　これ以上に苦しめと言うのかね？」

無表情な顔が赤くなり、興奮で声はうわずっていた。何が問題になっているのかを知らずにこの部屋に入って来た人なら誰もが、彼は死刑囚と親しい人間であると勘違いしたことだろう。デジレ・ジョンソンはというと、マレン・パタキのほうを向いて微塵《みじん》の横柄さもなくこう聞いた。

「で、俺はやれんのかな、最後の一服を？」

所長は激しい怒りに襲われ、先の自分の決定のせいでデジレ・ジョンソンが気楽な態度になってしまったといわんばかりに、叫びながら振り向いた。

「ここではだめです！　絶対に！　それに、運命から逃れられるなどとは思わないように！」

きょうという別れの日に合わせて暗い色の服を着、ぼさぼさの黒髪をして、唇をきっと結んだ小柄なマレン・パタキが、威厳とともに昂然《こうぜん》と頭を上げた。その反対尋問には力がなく、口頭弁論はまったくもって死刑囚を救う役に立たなかったが、依頼人の発見した法の抜け穴のおかげで、彼女はたったいま司法の歴史に名を連ねたのだ。そしてデジレ・ジョンソンのアイデアをいただいて、第四七条のコピーを差し出しながらきっぱりと言った。

「最高裁が決着をつけてくれますわ」

こうなっては、それぞれの部屋で苛立ち始めている立会人たちに知らせるしかなかった。武装した看守がいなければ、両陣営がつかみ合っていたかもしれない。所長は、刑場の入口での両者の争いがひどく長かったと考えていた。被告側と被害者側の立場を取り違えることなく、全員を引きあげさせて、そのあと数時間以内に何とか状況を整理しなければならない。それから、細かい専門的な部分を解決して、刑の執行にこぎ着けなければならない。改めて被害者側の弁護士のほうを向いて、クァム・ラオ・チンはうやうやしく言った。

「〝何の変更も〟ありません。死刑囚は死刑囚のままです。恩赦も与えられていませんし、できるだけ短期間のうちに彼を死刑に処すとお約束します。ただ、従うべき手続きを知る必要があるのです」

次に看守たちのほうを向いた。

「死刑囚を独房へ連れて行きなさい！」

ジョンソンは相変わらず平然としているように見えた。ニコチンへの欲求がすぐに満たされなかったことで、ほんの少し機嫌が悪くはあったが。マレン・パタキは、自分が勝利を収めたかのように不遜《ふそん》にもこう言い足して、笑った。所長はその顔が気に食わなかった。

「あの不幸な人間をそれほどすぐに刑場に戻せるとは思いませんけど。それに、死刑囚の気持ちをこんな風にもてあそぶものではありませんわ！」

「ふん、どうなるか楽しみだな！」相手方の弁護士が答えた。

デジレ・ジョンソンは看守たちについて死刑囚監房へと戻って行った。その向きに歩いた囚人は彼が初めてだった。それなのに、生の方向へ引き返しながら、彼は人生をややこしくされたとでもいうように、ぶつぶつ不平ばかり言っていた。

「たいした頼みじゃないのによ」

2

始発停留所でバスに乗りこむと、いつもの夜と同じくがら空きだった。レジ袋をいくつも持った女性が、後ろのほうに座っている。白髪まじりのひげを生やしたヒンズー教徒は頭にターバンをかぶり、真ん中のあたりに立っていた。運転手は僕が乗ってきてもまったく関心を示さない。差し出した定期券も、まだ勤務時間前だといわんばかりに見やしない。出発までの四分間、彼は上着を片づけ、所持品を整理し、携帯電話をかけていたいのだ。何もかもがいつもどおりに見え、僕も誰とも向き合わなくてすむ席に座った。落ち着いて《テレグラフ・リベラル》を読みたいからだ。新聞には、良好な経済指標が発表された後に、株価が急落したことを伝える見出しが躍っていた。昨日、こうした不可解な出来事は、理解しがたいことだろうが、僕にはいたって当然のことに思えた。

　バスが走り始める。というか、正確に言えば、最初の渋滞にはまった。この勝利《ヴィクトワール》大通りの渋滞で、行政センターの周辺は毎日ふさがれる。車の流れを良くしようという緊急対策が始まって以来こうなのだ。まずこの一年、道路工事のせいですべてが麻痺した。けれども、公共輸送機関、二輪車、ローラーブレード、優先証を持ったドライバー（主婦、妊婦、障害者、高齢者）専用の〝市民の車線〟の開通式が盛大に行なわれると、市長の言葉を借りれば、やっと街が「楽に息をできる」ようになるだろうと誰もが思った。ところが、複数の大通りの中央に敷かれたこの特別車線は、耳にヘッドホンをして身体をかすめ合いながら走るローラーブレーダーと自転車に乗る人の楽園と化した。それは街に若々しいイメージをもたらしたものの、バスとタクシーの往来(らいさまた)を妨げている。残された分け前（つまり端にある狭い車線）では、交差点を麻痺させる終わりなき渋滞のなかで、普通車がすし詰め状態になっている。その運転手たちの顔が見える。仕事を持つ四十代の人々が大半を占めていた。彼らは、優先権を持つ市民や、排気ガスに囲まれながら悦《えつ》に入っている様子のローラーブレーダーと違って、優遇の対象外だ。

　こういうわけで、僕にはその新聞記事にじっくり目を通す時間があった。小さな活字で、まるまる一ページを占めている。〈なぜ失業者の減少が株価の下落を招くのか？〉。たまに歩道へ目をやると、歩行者たちは鼻にハンカチを押し当てて息をしている。次のバス停でふたりの指導員に率いられて二十人ほどの子どもの集団が乗り込んできた。僕はほとんど注意を払わず、また新聞へと視線を戻した。けれども、子どもたちが通路で騒々しくてんでばらばらに動き回るのには、ただもう頭に来て、こっそりぼやいた。「静かにしろ、このガキども!」自分にしか聞こえない声だったが、すっきりした。そしてバスがまた走りだし、少しして静けさが戻ってきた。そのときふと目を上げると、奇妙な光景が見えた。

ちびっ子の群れ――遠足か託児センターから帰る十歳ぐらいの男女の子どもたち――は、先ほど指導員たちに促《うなが》されて座席に突進していた。いまはバス中に散って、ゆったりと腰を落ち着けている。皆、揃《そろ》いの蛍光オレンジ色の帽子をかぶり、首元には名前と住所を記したバッジをつけていた。そして、ブランドもののジャージを着て、甘い飲み物を流し込んではゲームボーイで遊んでいる。子どもたちはまるで〝自分たちのバス〟の中で、〝自分たちの家〟にいる気になってるようだ。このあとに乗ってくる乗客たちは、踏ん張るしかないだろう。つまり、立っているしかないということだ! 驚きつつこの光景を眺めていると、指導員のひとりが不愉快な視線を投げてきた。同じくおかしな蛍光色の帽子をかぶっている彼女は、子どもたちに全身全霊を捧げているようだった。子どもたちの周りには良からぬことを企《たくら》む人間がうようよしている、との考えを自分に許している様子だ。いまだに通路をうろついている小さな女の子に彼女は呼びかけた。

「オドレイ、あそこに席があるわよ、ゴルドンの隣に。お座りなさい、さあ……」

これで席は残らず埋まった。指導員は疑わしげに僕をもう一度見てから、そばかすのある小さな男の子の肩に太い腕を回した。ここはどう考えても、指導員は静かにさせるために子どもを座らせたと思うのが普通だろう。だから、すぐに〝大人たち〟に席を譲るように言うだろう……。ただ、子どもたちは席を〝取られないように〟占領した可能性もあった。そして後者の仮定が、次の停留所およびその後の道中において、おのずと立証される。

事はすぐにはっきりした。子どもたちはしっかと自分の座席にしがみつき、大人たちの人数がどんどん増えて中央の通路にすし詰めになっていくのを無視しているのである（というより、見てもいない）。定期券を手にしたかわいそうな人たちが、疲れてはいてもまだ公共輸送機関を頼りにしながら、その日の仕事を終えた満足感にひたって乗ってきた。そして、彼らは車内を進むと座席が残らず埋まっているのに気づき、顔を歪ませる。それから、新参の乗客たちは、倒れないように金属の手すりにしがみついている先客たちに身を寄せる。小柄な年配のカップル、携帯電話にかじりついている若きエリート、販売員、学生が乗り込み、後ろのほうには現役を退《しりぞ》いた六十歳ぐらいの品の良いおしゃべりな女性たちがデパートのロゴ入りの袋を持って乗って来る。

皆がひたすらアクセルとブレーキを耐えているというのに、座席では小学生たちがピーチクパーチクと楽しげなざわめき声を上げている。ざわめきはときどき静まってはまたバス全体を包む。

指導員たちは眉ひとつ動かさない。それどころか、新しい乗客がほかの乗客を押しこみながら乗って来るたびに、ぐるりと見回しては子どもたちがちゃんと席についているかを確かめているようだ。子どもを守るために選ばれた彼女たちは、年配の人を優先して席を譲る必要はないと思っている。子どもは大人に敬意を払うべきとされた、あの遠い時代を覚えているのは僕だけか？いずれにしても、こうした無作法の被害者である大人たちが、幸せな表情を浮かべつつ騒々しい子どもたちを見つめている様子を、よくこの目で確かめなければ。何人かは好意を示そうとして、ちびっ子たちに笑いかけて手を振っている。もっと大胆な人たちは、学校での出来事、年齢、名前、どこに住んでいるかを聞いていた。それ以外のこと、たとえば一日の仕事で疲れた自分の身体やストレスのたまった心といったものは、もう頭にないようだ。大人たちはこの子どもの群れを、種族の再生や人類の存続、または世界の未来を表わす心温まるシンボルとしてとらえていて、その認識のおかげで、自身が困難な状況にあっても元気づけられるらしい。このあふれんばかりの愛情を前に、ふたりの指導員はつっけんどんな態度をやめた。そして、バスの中まで子どもたちのお供《とも》をしているという幸運を見せつけようと、誇らしげに頭を上げた。自分たちが、大人の世界と子どもの世界の仲介をしているとでもいうようだ。

こんな状況のなかで僕がうるさく小言を並べれば、どんな内容だろうと歓迎されないだろう。ただ、夢中になって携帯電話で話しているネクタイを締めた若いエリートビジネスマンたちが内心感じていることを当てにできるなら話は別だ。彼らはどちらの側につくだろう？　いや、この賭けには危険が伴いそうだ。ちょっとでも前に出れば、自分がスケープゴートになり、子どもたちに味方する連中から非難を浴びるおそれがある。そうは思ったが、同時に市民としての抑えがたい憤りに動かされて、年配者が立ったまま押しつぶされて苦しんでいると指導員たちに伝える決心がついた。何しろ、小学生たちはその横でコカ・コーラ味の棒菓子をもぐもぐやり、『ハリー・ポッター』第七巻の話をしているのだ……。皆の気持ちを確認しようと、僕がこれ見よがしに首を伸ばして、それとわかるよう苛立たしげなまなざしを投げかけたところ、買い物袋を持った六十代の女性ふたりの注意を引いた。僕は独り言を装《よそお》いつつ、徐々に周りに聞こえるようにしながら驚きの声をあげた。

「ありえない！　まるで王様だな！　立って席を譲る子はいなさそうだ！」

そう口にして眉をひそめ、この状況にどれほどショックを受けているかを見せつけた。大部分の人は自分の側に回る気がする。しばらくこんな芝居を続けながら、時代遅れの服を着たエネルギッシュなあの女性たちの支持を期待していた。彼女たちは、現在とは別の教育を間違いなく体験している。すると、ふたりのうち背の高いほうの女性が怒りをあふれさせ、僕をじっと見た。やがて友人のほうを向いてしゃがれ気味の声でこう言った。

「あの人、何があったのかしら。子どもが嫌いみたいだけど！」

訴えは失敗に終わった。いまや僕は老人よりも時代遅れってことか。これ以上闘っても無駄になりそうだから、読みかけの記事に戻って経済ニュースを追うことに専念しよう。〈なぜ経済成長の回復が損失の増加につながるのか？〉。そのとき、激しい言葉に僕は思わず飛び上がった。

「その席を譲ってよ、私は妊婦なの」

僕は恐れをなして身を正し、すぐそばに来てとげとげしい目でにらんでいる腹のふくらんだ若い女に顔を向けた。すぐさま新聞をたたんでいると、女は不機嫌な声で矢継《やつ》ぎ早《ばや》に言い、一部の乗客の注意を引きつける。

「最低限の礼儀があったら、とっくに立ってるとこよね！」

彼女に席を譲り、もごもごと「子どもが真っ先に立つべきだったのに」と言った。ただ、こんなふうに弁解していると、自分が子どもに戻ってしまったような気持ちになった。また、口から甘いものを垂らしながら、ぽかんとしてこちらを見る子どもたちもいた。彼らは、僕を失礼でおかしな人間と決めつけ、またゲームに夢中になった。後ろのほうでは、買い物袋を持った女性ふたりが、いまだに僕のことをさげすみながら探っていた。僕が礼儀知らずの変質者であるかのように。

ラティファは、気をつけた方がいいと僕に強く言った。子どもに文句を言えば厄介《やっかい》なことになると。ただ、職場のことや、自分のいま置かれている我慢を強《し》いられる状況を思うと、こういう悪ガキどもに愛想のあるまなざしを向けるのは生易《なまやさ》しいことではない。

市長――僕の上司でもある――は、世論を取り扱うこととなると毎度、天才的な能力を見せる。たとえば、〈男女平等〉〈自転車に乗る人と障害者のためにもっと多くの場所を〉〈思いやりのある市と透明度の高い市政〉、そして言うまでもなく〈子どもたちにもっと配慮を〉という世論を扱う際に。勝利を収めた選挙の際、彼は自分のマニフェストに、市の主要機能の本拠地である行政センターの一角を〝託児所〟に変える計画を組み込んだ。それから数カ月後、行政センターの左棟丸ごとが、母子専用の入口を完備した託児所に切り替えられた。僕は、総合サービス課の技術顧問として働く市職員という立場上、中立の義務があるので、住み心地の良い官舎がなくなったことについては口には出さずとも残念に思っていた。託児所の入口前を通り過ぎるときには、僕はことさらに愛想たっぷりの口調で世間体を保った態度を示した。警備員たちは僕と同じ態度をとりながら、ちびっ子を迎え入れてはあごをくすぐり、愛情をこめて肩をたたき、最後に母親に向かってその素晴らしい役割を褒め讃えていた。職員入口で無愛想に記章の提示を求めるときに見せる疑り深い目とは対照的な態度だ。おまけに彼らは、いつになっても僕らの顔を覚えようとしなかった。

市長はマスコミの賞賛に力を得て、さらなる輝かしい功績を上げて二期目の任期の幕を開けたいと考えた。これまでにも増して、自分が人生と若者と子どもと変化の味方であることを示せる功績を。そんなわけで市議会は、託児および保育の総合施設を行政センターの建物全体に拡張することを目指す十月十日の決議案を可決した。よって、オフィスの半分だけが市の業務に割当てられることになる。決議案には、市民と若い世代の〈幸せな共存〉という表現の記載があり、両者は今後、同じ場所を共有するとされていた。以来、乳幼児（および授業がない日のもっと大きい子どもたち）が建物内のあちこちを跳ね回っている。また、この方策は別の大きな計画につながった。役職を半分に削減し、下請《したう》けに出すことにしたのである。その後、清掃人、庭師、道路清掃人、オフィスの職員の大半は、無駄遣いを減らすため民間企業の指揮下に置かれた。組合が抵抗運動を行なうのに格好のこの状況下でオフィスを遊び場に変えることは、市長の公約がその力強さをまったく失っていないと知らしめることを目指していた。つまりはこうだ。大人たちを突然解雇するというのは受けが悪いはずだが、子どもたちがそのあとを継いだことで、弱者に対する市長のたゆまぬ配慮を思わせたのだ。そして僕らには、喜んでこの配置転換を成しとげるよう要求したのだった。市がもはや既得権益にしがみつく職員のための〝社会保障制度〟ではなくなったのは、その財力を乳幼児に注ぎ込もうとしたからだ——何百もの教育アシスタントの職を設《もう》けながら。

当初、このような勤務環境は、僕らには奇妙に感じられた。子どもと職員、この両者はいまや同じ大きな入口から入っている——けれども、各警備員の態度はあまり変わらなかった。相手が十二歳未満の人間なら愛情をこめて肩をたたき、職員なら横柄な口調で記章の提示を求めるのだ。市の首脳部が配布した覚書によると、市職員は、行政センターの廊下や各自の仕事場ですれ違ったり接したりすることになる子どもたちを〈できるかぎり温かく迎え入れる〉よう求められている。人事部はこれにならうべく、同じ建物内に託児所とオフィスを交互に配置するのが適切であると判断した。したがって、僕がパソコンで報告書を書いているときに、母親に会いたがるちびどもの泣き声が隣の部屋からしばしば聞こえてくる。

職員がこの共同生活に関するいくつかの規則をつとめて尊重しているのに対し、子どもたちは好きなことを、好きなときに、好きな場所で行なうことを良しとしている。だから、僕がトイレに行くときに、ビー玉遊びや石けりで廊下が通行止めになっていることは珍しくない。けれども、天使のような子どもたちのじゃまをするということは、絶体にしてはならない。そんなことをすれば子どもたちは抜け目なく、教育アシスタントに言いつけるからだ。だから終日、郵便物や報告書を抱えた職員たちが、子どもたちに道を譲られるのを待っている。ただし市長と助役たちだけは、自分たちしか入れない場所を依然として有している。それでも彼らは、マスコミのカメラマンがカシャカシャとシャッターを切るなか、子どもでいっぱいの廊下をときおり通り抜けることもやぶさかではない。そして彼らは、ＰＲ課の提案によるこうした市の新行動計画のおかげで世論の再評価を得たのだ。世論は、ひとりの男が前任者の〝のんきな統治〟を断つ〝勇気と構想力〟をもって市を治めるため〝無難な道から抜け出す〟決意をすることを歓迎したのだった。

この改革を突きつけられると、職員は、それぞれしかたなくだったり進んでだったりの違いは見られたが、甘受する態度を示した。大半は、手放しでその規則に即して行動し、朝には必ずイチゴ味のタガダ（お菓子）を携えて出社する。同僚の三分の一は、子どもたちの勢いが容赦なく高まるのを見ると、無関心を決めこんだり、冷めきった態度を前面に出したりした。「お手上げだ、何もかも悪くなる一方だろう。我々の取りうる最善の策は、現況を受け入れて自分の仕事を片付けることだ……」最後に、僕を含む少数派は、この共存には我慢ならなかった。今度の大計画に関する数度の委員会の場で、僕はおこがましいながらも何度も発言し、慎重な態度を表明した。本心は明かさず——かけひきのためだ——、子供との衝突から生じると予測される、各職員の仕事における多大な実際的問題を強調した。そのたびに、総合サービス課長と助役は、僕の主張に耳を傾《かたむ》けてくれた。が、彼らはそれにとどまらず、職員に迷惑がかからないよう万事履行されると断言して、僕を安心させようとした。しかし、一番最近の会議では、僕の発言はむしろ皆からうるさがられてしまったようだ。なぜ、ここまで執拗に子どもたちをやっかい者扱いするのか？そこで市長は、議会によって決定されたということを思い出させて、とうとう議論を打ち切った。その決定事項は、彼が我々の市にとって最善と考えるものだ。それにより、この問題をいつまでも再審議するのは物理的に不可能となった。討論は幕を閉じた。

子どもの存在は、多くの人間の心を動かすと同時に、残りの人間の心を苛立たせる。子どもたちには認めて僕らには認めない権利や、いまや〝自分たちの場所〟に僕らがいると思っている子どもたちの傲慢《ごうまん》さ、こうしたことすべてに僕らは限りない屈辱を感じている。僕らは子どもたちを見ないようにし、質問は無視する、もしくはバカにする態度で応じる。ただし、教育アシスタントの絶え間ない監視には用心しなくてはならない。彼らはもう、何人も被害者をだしている。事の次第はいつも同じだ。子どもたちに対して敵意ある態度を示した人物は、結局取り押えられて、青少年に対する潜在的な危険を根こそぎ排除することに熱心な人事相談課に通報されるのである！　六カ月間に十人ほどの嫌疑者が――予防対策により――出張所へ配置転換された。市当局は、このような方法で彼らの若き信徒たちを守れると信じていた。

要はこんなひどい状況なので、行政センターを出て家に帰るときには、毎晩逃げ出したい気持ちになるのだった。それゆえに、バスでの取るに足らないあの場面が、僕には耐えがたく思われた。僕の日中をすでに台無しにしている小僧どもの群れが、階段、街、そしてバスと、どこでもつきまとってくるかのようで。そしてまた、この国ではいまや子どもたちが法律を体現しているために、災いが逃れようのないところまで広がっているかのように感じられたのだった。

チャーチル大通りを上《のぼ》り、つぶれた書店の角を曲がって、行き止まりへとつづくアジサイ小路に入り込む。ここは市の中心地のごく近くに位置している。花の咲く魅力的な路地で、アール・ヌーボー様式のメゾネットが建ち並ぶ。僕の家は、まっすぐに立ち上がった赤いレンガの三階建てで、尖った屋根とフランボワイヤン様式の炎を模したステンドグラスがしつらえてある。庭の通路を家に向かっていると、飼っている犬が飛びついて来て、僕をひっくり返しそうな勢いで腹に前足を押しつけてきた。スパニエル犬独特の白くて長い毛足は湿っている（近所の子どもたちに水まきホースで狙われたに違いない）。犬は夢中になって僕のまわりをぐるぐると回り、やがて僕がこう言って落ち着かせた。

「ふせ、サルコ！」

湿った毛を撫でてやり、魅力的でつつましい家（敷地面積六十平方メートル、各階に寝室がひとつずつ）に一緒に入った。そこに三年前からラティファと住んでいる。ハーブ風味のウサギ料理の香りが玄関まで漂っており、味蕾《みらい》を刺激する。日中、ラティファはたいてい料理をして過ごす。よく言うその言葉どおりに――「オフィスに行くより、市場《マルシエ》に行くほうが好き」。そして僕の一番の喜びともいえるのは、ガキ《ラルドン》にじゃまされることなく一緒に楽しみながら生きていこうと彼女と約束したことだ――ただし、ソースを引き立たせる際に炒めて使うベーコン《ラルドン》は別だ。ラティファはというと、子どもより大人の男のほうが好きではあっても、子どもが欲しいという気持ちにときどき悩まされている。僕がその悪しき考えから彼女の気をそらそうとがんばっているにもかかわらず。

僕らの出会いはウィーン・フィルハーモニー管弦楽団のコンサートだった。席が隣同士で、ふたりの体はあの日、素晴らしい音楽を吸収して同じ歓喜のなか張りつめているようだった。曲はリヒャルト・シュトラウスのオーボエ協奏曲。休憩時間に僕らはロビーでシャンパンを一杯飲み、その後別れた。数日後、行政センターのレセプション・ルームで催された映画グランプリのカクテルパーティで僕らは思いがけず再会した。彼女は女性誌の記者として、有名人に関する記事を書くために来ていた――熱意はなかったが、面白そうな距離感を保って人と接していた。僕の目には、初めて会ったときよりもさらに美しく見えた。一気に成長したいかにもブルジョワの若いエジプト人らしいひょろ長い体や、反応の良い笑い方、生き生きした目、あまり大きくない胸が、僕を魅了した。

ラティファと僕は、共に野心が欠如していた。僕の学歴は、策略をめぐらせることに十分な時間を割くという条件付きながら、大臣官房で輝かしい出世ができる可能性をほのめかしていた。けれどもそうする代わりに、四十五歳の僕は市の地味な技術顧問にとどまっている。一方でラティファは、持ち前の知性と魅力を用いれば、流行の先端を行くジャーナリストになれたはず……。ただ、ふたりとも同じ計算をしていた。つまり、ちょっとした遺産（彼女が母親から受け継いだもの）、まあ悪くない僕の給料、人生に対する研《と》ぎすまされたセンス、アートへの好奇心、それに魅力的な展望と人生を過ごすうえで必要な幸運があれば、前年の税金を払うために休みなく高い地位と高給を勝ち取りつづける生活よりも、ずっと楽しく過ごせるはずだと。エピクロス曰く、喜びのために生きるべし——加えて、少しの太陽と一杯の水以上に喜びをもたらすものはないと彼は言っている。三年来、ふたりの共同生活の礎《いしずえ》となっているのは、この信条だった。そしてふたりの生活は、セックスをしたり、本を読んだり、ちょっとしたご馳走を味わったり、海辺のすてきなホテルで数日過ごしたり、友だちと付き合ったり（数は少ない、そしてみな子どもがいない）、コンサートや映画に出かけたり、眠ったり、ガーデニングをしたり、といったことに捧げられていた。

こういったわけで、ラティファはウサギのソース煮込みを作ったのだった。料理が鍋の中でゆっくり火を通されているときに僕が居間へ行くと、背の高いきれいな僕のパートナーはネット・サーフィンをしていた。ラティファは、これから書くかもしれない記事に使うかもしれないモード界のゴシップを集めている……ただそれを実行に移すには、やる気と時間があるというのが大前提だ。彼女は僕に物憂げな微笑《ほほえ》みを向けた。栗色の明るい髪が顔を縁取り、その陰影とほお骨はいつでも、陽気で活気ある何かをたたえている。おかげで僕はバスでの悪夢を忘れかけた。それにどのみち、彼女に話す時間はない。というのは、食事前の彼女の頭にはひとつのことしかなさそうだから——それは問いとなって現われた。

「どこでする？」

　僕は、最近キッチンのテーブルの上でしたことを思い出し、それから庭の奥のほうの植え込み（近所の人たちに見えそうなところ）や、ふたりのベッドで何度もしたこと、でも灯油タンクに隣接する地下室はごぶさただということを頭に浮かべた。ただそうなると、油や汗にまみれて、労働者のような風体《ふうてい》になってしまう。なのでラティファを階段へ誘い、サルコを——いつも僕らについてこようとする——優しく蹴って犬小屋へと追い払った。

　その夜、ずいぶん遅くになってから、食事をしてチェスをひと勝負したあとで洋梨酒を飲みつつ一服しているときに、ラティファがはっきりとした口調で言った。きょう一日、何度もそのことを考えていたかのように。

「子どもがいたらいいかもね」

　彼女は、僕が酒の入ったグラスを口元に傾けたままむせるのを見ている。僕は、まるでラスベガスかサントロペでヴァカンスを過ごそうと言われたかのように、ぽかんとした顔を上げた。ラティファは、この態度の裏にある僕の疑問をすっかりお見通しだ。「何で子どもを？　尻を拭いてやるためか？　恩知らずをしつけるためか？　それって、一緒に暮らすときに決めたこととは正反対だろ？」こう反論するより前に、彼女が懸命に説明した。

「もうすぐ私、年齢的に手遅れになるでしょ。いつか後悔するのはいやなの」

この奇妙な欲求というのは、どうあっても必ず女たちを苛《さいな》むものなのか？　僕は黙ってラティファの手をとることにした。この熱病が早く治って元通りの状態になるのを期待しながら。

3

「どいてください、カメラマンの皆さん！」

頭を丸刈りにし、ブレザーとネクタイを身に付けた重量級のパキスタン人用心棒が、通り道をつくっていた。大きく平泳ぎするような動きで腕を広げ、裁判所前に集まった熱心なカメラマンの一団を脇へ押しやる。カメラが、パッパッパッとフラッシュを鳴らし、レンズでいやらしく狙いを定める。マレン・パタキは自分がこれほどまでにプロのカメラマンの興味を引くことがあろうとは、いままで想像だにしなかった。思春期にさえ、女の子が見がちなこうした夢には関心を持たなかったのに、いまやそれが現実のものとして現われていた。獲物にたどり着くためなら周囲をないがしろにすることを厭《いと》わない下品な人間たちが熱くなるのを、彼女は驚いて眺めていた。彼らは〝自分の仕事〟の遂行をじゃまする者は踏みつけにする覚悟がある——その態度は、彼らの職が多くのほかの職と同じく取るに足らないものであることをはっきり示していた。通信社の再編成における経費削減により、記者たちの果敢なチャレンジが、おしあいへしあいしながら情報を渇望する連中の焦燥に成り代わっていた。

弁護士の境遇は、多くの職と変わらず、さほどうらやましがられるものではない。彼らは皆同じように、ひどく辛いうえに薄給しか手にできない仕事に追いこまれていた——ただし、実業および金融業の世界で、数少ない地位ある職につけた人間は別だ。マレン・パタキは、職業全般にわたるこの崩壊に見舞われながらも、いま自分はチャンスをつかんだのだと強く感じていた。司法界の下流のよどんだ水の中に漂う国選弁護人の集団から抜け出す千載一遇《せんざいいちぐう》のチャンス。長年、良心的な仕事をしてきたが、何の成果も得ていない——往々にして依頼人たちには支払い能力がなく、犯罪の内容はしみったれていて、有罪は確定していたからだ（誤審の可能性が見えればすぐに、大きな事務所がそれを利用してメディアの注目を集めようと案件を横取りする）。また、マレン・パタキは自分の才能の限界も自覚していた。どうやら、はた目にも明らかな彼女のその命運のせいで、弁護される人間たちは最も重い刑を宣告されているようだった。それが、三十四歳である彼女の市場価値がほぼゼロである理由だった。同世代のほかの弁護士たちは、金のある世界へ向かっているというのに。ところが一夜明けると、この若き女性が〝国家的問題〟の中心人物となり、コメントを求めるメディアに悩まされているのだった。用心棒はカメラマンの波に逆らいながら、彼女のために、ゼネラル・タバコ社が用意したリムジンへと道をつくった。車にたどり着くと、マレン・パタキはマスコミのほうを振り反って半笑いしながら言った。

「現在の時点では何も申し上げられません。ただ、最高裁がきょうの午後に下す決断を、私どもは何の不安もなく待っている、ということだけは申し上げられます」

ざわめきはやんでいた。マスコミは弁護士の発するすべての言葉に耳を傾けている。そして彼女は、妙なことに、この特権のある立場にありながらリラックスした様子だった。テレビのニュースでほかの人たちのふるまい方を見たことがあって、このような態度をとっているのか？　それとも、威厳が自然と備わるような立場にある際は、当たり前にそうなるものなのか？　ごくリラックスした様子で車に乗り込むと同時にまた新たに質問が沸き起こると、彼女は完璧なプロ意識をもって動きを止め、あらかじめ選んでおいた情報を最後の最後に与えた。

「私は死刑判決の見直しを要求しました……。非常に古い法的慣例にならえば、突発的な理由により中止された死刑執行は、特赦により無効となりえます。かつてそれは〝神の手〟と呼ばれていました。今日《こんにち》、この騒動は、死刑の問題およびそれに関してうやむやになっている部分をじっくり検討する良い機会となるかもしれません……。また、言うまでもないことですが、そもそもジョンソン氏の件に関して言えば、彼の罪はけっして確かな事実ではないのです。それでは失礼します」

彼女は、話したり黙ったりするタイミングを握る人物ならではの自信とともに、リムジンのドアを閉め、ゼネラル・タバコ社の本社へ運ばれるに身を任せた。

死の商人という営みのせいで長年迫害されてきたその多国籍企業の責任者たちは、四十八時間前にデジレ・ジョンソンの死刑執行が延期になったという信じられない話を知ると、この大事件を奇跡だと思った。あきらめていた明るい兆《きざ》しに見えたのである。死刑囚に関することではあるが、新聞の報じた、法にまつわる奇想天外な突発事のおかげで、これまでどんな広告も成しえなかったやり方により、めずらしく〝煙草〟と〝生きること〟に接点ができた。人が〝煙草に救われた〟のだ。（裁判所の決定を待つので）少なくとも数日間は。忘れられた法律条項のおかげで、煙草は〝人間の親友〟となった。そして厳しい状況にある関連産業に、あまねく希望の光が差した。

死刑執行が延期された直後、マレン・パタキが通信社にこのニュースを流すと、数時間のうちにうわさはじわじわと広まった。まず昼にはメディアが刑務所前に集まり、この大事件を詳細に報じた。続いて十六時、ゼネラル・タバコ社の広報部門は、法的反撃を準備する際に自由に使えるようにと、かなりの額の援助をマレン・パタキに申し出た。事務所と、ひとまずの経費三万ユーロダラーの払い込みと、社用車である。

その車の後部座席に、いくつかの朝刊が広げられていた。マレン・パタキはある見出しに目を通し、また別の見出しに目をやった。ほぼ全紙が第一面でこの件を報じていたが、しばしば互いに矛盾する各紙の見解から状況を把握するのは容易ではなかった。

〈喫煙反対派が殺人者を救うとき〉大衆向けでかなり反動的な《ル・ミルワール・デュ・ジュール》は、そう見出しをつけていた。論説委員によるとこうだ。国中に広がる禁煙措置――禁煙の建物内であれば、プライベートな空間であるアパルトマンの中までも適用されるのだ――はいやがらせと紙一重で、民主主義における許容限度を超えている。そして今日《こんにち》、我々はなかでもとりわけ忌《い》むべき結果を耐え忍んでいるのである。刑務所の規則が殺人者を優遇し、被害者たちの報復をじゃましているからだ。

喫煙支持のこの見解は、ゼネラル・タバコ社の望む方向へと向かっていた。とはいうものの、被告人とその弁護士には敵対する立場をとっており、最後の煙草を吸わせたら早急に死刑を執行することを求めていた。より鋭い《デモクラット・アンデパンダン》の記者は、この逆説に疑問を唱えた。つまり、死刑囚監房にいる犯罪者の肺を守って何になるのかと。なるほど、喫煙に反対する複数の団体が押しつけた規則は、何より受刑者個人の保護と受動喫煙を対象としているが、別の見方をすれば、煙草は甚だ体に悪いので、消えてほしい人物に対してそれを禁止する理由はどこにもないのである。

残りのジャーナリストたちを広く支配していたのは喫煙反対という視座だった。ただ、そのなかでもさらに区分けされており、命を救うことを目指す自分たちの闘争を拡大するチャンスをこの事件に見つけた人たち（〈煙草反対、死刑反対！〉《テレグラフ・リベラル》の見出し）と、受刑者をひいきすることなく国全体にわたる禁煙を求める厳格すぎる人たち（〈致死薬注射賛成、煙草反対！〉《トリビューヌ・レピュブリック》の書き出し）とに分かれていた。後者によれば、デジレ・ジョンソンとその弁護士は法律の文言を悪用しているとされていた。この挑発を前に、最高裁は問答無用で死刑を実施し、時代遅れの法律条項の狡猾《こうかつ》な解釈に関わるのを避けなければならなかった。

リムジンは、花咲く並木道が中央を貫くブッシュ大統領通りを上《のぼ》っていた。そこらじゅうに、石造りやガラス張り、はたまた金属的な洗練されたビルがそびえ立ち、それぞれに有名企業の看板がかかっていた。このあたりの土地はどこをとっても、一平方メートルがマレン・パタキの給料数カ月分に相当した。彼女は街の中心地にごく小さなアパルトマンを借りている。十五年前、マレン・パタキはまだアーティストの友人たちによるボヘミアン詩の色合いを帯びた政治的急進主義を信じていた。未来を信じ、フェミニストのグループや囚人支援運動に加わって活動していた。けれどもそこで、彼女の目論見は的《まと》を射ないことが明らかになる。時代遅れに思われた女性の権利を求める闘いを彼女が見限るなり、仲間のなかでもきわめて辛辣な女たちが、予想外に首尾よく、あらゆる性差別の証拠をつきとめるのにもってこいの材料を手にしたのだった！　そしてマレン・パタキは死刑囚の境遇にいっそう関心を深めていた——貧しい地区出身の有色人種はほぼ全員、人種や社会的出自のせいで有罪判決が下っていたのである。しかし暴力の増加を受け、司法機関はメディアの賛同を得て容赦ない抑圧的な動きを見せた。しかも、彼女の闘いを古ぼけたものに見せるほどの動きだった。マレン・パタキはこれまで、ひとりの命も救えたことがなかった。証人尋問はあいまい、口頭弁論は凡庸、被害者を詰問する——殺人者が有罪であることに疑問の余地がないときでさえ、そういうことをする——ときの手際も悪い。こうしたことすべてが、依頼人たちをより確実に致死薬の注射へと追いやった。その結果、刑事弁護士たちのあいだで、彼女は〝急死〟のあだ名で通ることとなった。犯罪事件における彼女のいわゆる〝専門知識〟に釣られて——というか、何よりも彼女が国選弁護人としてのわずかな報酬で引き受けているという理由で――その力を頼りにしている被告人を彼らは気の毒がっていた。

運転手はゼネラル・タバコ社の白い大理石からなるビルの前にリムジンを停めた。アールデコ様式の建物は空に向かうほど細くなっている。各穹稜に取り付けられたブロンズの丸屋根には美しい緑青が浮いていた。堂々たる入口の上にある金色の葉飾りのついた大きな彫刻は、煙の立ち上る煙草を持った手を表現しており、煙草を吸うのがエレガントな仕草とみなされていた時代を思い出させる。ベルボーイがリムジンのドアを開け、マレン・パタキはスニーカーを履いた足を赤絨毯に載せた。そして、ひさしの下を広いロビーに向かって進むと、PR部門の責任者が待ち受けていた。ふたりはエレベーターに乗りこみ、十六階の会議室へと昇る。大きな窓ガラスに囲まれた部屋は、展望台のごとく街へと張り出していた。光沢《こうたく》のある木製の楕円形の机にはマイクと情報端末が備えつけられ、そこにスタッフに取り巻かれた副社長と法務部長がいた。弁護士は軽いめまいを覚えた。いままで彼女は、自分の居場所がここ、つまりメディア戦略を探るビジネスマンたちの中にあろうとは考えたこともなかった。会社のお偉方が用いる言葉遣いで話したり、広告関係者を相手にひとりの男の命に関する討議を行なったりすることができるだろうか？　彼女は自身の社会での生き残りがかかっていることを思い、息を整え、PR担当役員である副社長の感じの良い笑みを信用することにした。

「お聞かせください、パタキ女史……」

「女史という呼び方はいかがなものでしょうか！」元フェミニズム活動家は苦言を呈した。

やや攻撃的だったのを悔やみそうになったが、こうした一言で、法と正義の代弁者という自分の立場がむしろ強固になるのを感じた。

「申し訳ありません！　パタキ先生、きょうの午後に最高裁による非公開審問であなたがどんな主張をなさるおつもりなのかをお教えいただきたいのですが。我々がすべきは……明確な論点を踏まえて、意思疎通を図ることかと」

「そうなんです」法務部長がさえぎった。「話の途中にすまない、フランソワ、でもこちらの要望をはっきりさせておかなくてはと思ってね。つまりはですね、いまはだれもが、喫煙支持派と反対派の論拠のあいだ、また死刑支持派と反対派のあいだを行き来して、自分の望む理論を構築できる状況にあるんです。ですので、私どもが少々試行錯誤するのを認めていただく必要がありまして……」

今度は、眼鏡をかけた小柄な法務担当者が、説明しようと口を開いた。

「皮肉っぽいと思われたくはありませんが、ひとまず分析してみたところ、より妥当な要求としては単に刑法の適用のみを申し立てることではないでしょうか。つまり法律を文字通りに尊重するということです。別の言い方をしましょう。死刑囚は最後の望みを果たすことが許可されている、よって、煙草を吸わせてから注射するということです！」

　広報次長はこの考えが気に入ったようで、言葉を継いだ。

「それだったら死刑をめぐる論争に入り込まないですむという利点がありそうだな。では我々は、喫煙反対派が恐怖の種をまき散らしている不寛容な世の中において、この男の最後の望みは、ただ煙草を吸うことだけらしいということを目立たせるにとどめませんか。これって感動的な色合いのある、美しいメッセージですよ」

「いいね」誰かが続けた。「だけど……否《いや》が応でも、犯罪者と煙草と死という関係を象徴する三角形を強調することになるね。だから、かならずしも煙草市場のためになるとは限らないな」

　マレン・パタキは咳払いをして皆を黙らせた。交渉相手たちの迷いが、彼女にとって有利に働いていた。いまなら、失敗せずに話せそうだ。彼女はゼネラル・タバコ社に対して過度にこびへつらう態度をとりながら賭け金は少なくしようと思っていた。この事件は、寿命の長さや華々しさ、倫理観の高さ、収益性という面では勝ち目がなさそうだからだ。落ち着いた口調で、彼女はこう見解を述べた。

「もちろん皆様のご心配はお察ししますし、金銭的なご支援をいただいていることにも感謝しております。けれども、ひとりの男性の運命がかかっているときに、弁護士たるものが広告業の考え方に則して判断を下すのは難しいことなんです。ですから、私が要求することはおわかりいただけるでしょう。単純に死刑執行の中止です——まず何より法がそれを認めていますし、また、私はあの男性の無実を信じておりますので」

「とはいえ、彼は自白したじゃないですか！」法務担当者が反論した。

「多くの無実の人たちが、警察署や予審判事のオフィスで自白しています」

「いいでしょう」副社長が答えた。「ただしお願いですから、全体的な枠組みと、我々が拠り所にしうる、本件に関するヴィジョンを明確にしてください」

マレン・パタキはこの特別な日のために、エレガントに見せる努力をした。美容院に寄り、きちんとした黒のジャケット——スニーカーとは合っていなかったが——を着たおかげで、この交渉の場でも信頼を得られそうな外見となっていた。死刑をめぐる問題を提起しようとしたとき、彼女は目を閉じた。長い時間をかけて練り上げた論拠を、頭の中から見つけ出すといった様子だった。

「皆さんは、死刑に拠って立つ法律が成立して以降、多くの人が——無実の人も含めて——死刑に処されたのをご存知ないわけはないでしょう」

眼鏡をかけた小柄な法務担当者が、皮肉っぽくせせら笑って訂正した。

「ですが、七月十一日に成立した国家連合の法律は、すべての加盟国における死刑廃止には賛成していませんよね？」

「おっしゃるとおりですわ。そのことは、こちらの文章で明言されています。〈死刑は最終的には廃止される。しかしながら、一部の事例では適用する権利を留保している加盟国もある〉。すべての事例で留保されているわけではないところがまだ幸いです！　いずれにせよジョンソン氏は、ほかの多くの人たちと同様、まさに死刑を宣告されているのです」

「警官を殺したでしょうが！」

「やり玉にあげられる類《たぐい》の事件ではありますわね、たしかに……。ただおととい、思いがけず変化のきっかけとなる出来事があり、破滅へと向かう連鎖を断ち切りました。たった一本の煙草が、あの男性の死刑執行を中断したのです。ジョンソン氏は法の適用のみを要求しています。しかし私どもは、それ以上を求めます。恵まれない人々に公正な裁きを、そして実質的な死刑撤廃を。ゼネラル・タバコ社さんはいま、その闘いの先頭に立たれるべきです」

法務担当者が彼女を現実に引き戻した。

「で、なぜにあなたは、恵まれない人たちが公正な裁きの恩恵に浴していないとお考えなのですか？」

彼の辛辣な口調に、マレン・パタキは言外の答えを見抜いた。「彼らの弁護士が、マレン・パタキと同じく役立たずだから」赤面しそうになったが、深く息を吸い、この質問をうまくかわそうと腹を決めた。ありがたいことに、皆がおのおのの思索にふけっていた。副社長は当惑しながら、一部の喫煙者を失うかもしれない危険をおかして、会社がこのような闘いに本気で乗り出しても困ることにならないだろうかと自問していた。二年前に行なわれた煙草愛好者の傾向に関する調査から、彼らは概して、ほかの人たちよりわずかに上回る程度ながら、依然として死刑に対して好意的であることが明らかになっていた。〝最後の楽しみとしての〟煙草という、単純だが力のあるそのアイデアに乗じて、ジョンソンの事件を控え目に利用するのが良いだろう。別の見方をすれば、マレン・パタキが依頼人の無実を証明する確固たる論拠を見つければ、煙草メーカーと無実の人間の救助が結びつくことになり、その案件から生じる利益はゼネラル・タバコ社に波及するはずだ。副社長はあらゆることを熟考した末に、自分の判断を伝えようと口を開いた。

「お聞きください先生、死刑反対運動にまで、弊社があなたに追従できるとは思いません。あなたの信念は尊重しておりますが、私どもはより同意を得やすいテーマで世論に訴えるキャンペーン活動に取りかかろうと思います。最高裁が死刑執行を据え置いたとしても、最後の一服の権利は守りましょう、この世界とつながる最後のきずなとして。美しいイメージではありませんか？」

同意する法務部長のほうを向き、副社長は続けた。

「私どもにとって重要なのは、死刑囚が最後の望みを果たすことです。必要とあればこちらはいつでもあらゆるインフラを提供すると司法機関にお伝えください。たとえば、完全に管理された喫煙可能な死刑執行室などを……。ただし、裁判所が再審を認めてさらに一歩踏み出す場合には、あなたを支援することが可能です。ジョンソン氏の無実を証明しようとする限りにおいては」

無名の弁護士にチャンスを与えると、副社長は彼女の返事を待たずに、仲間たちのほうを向いて、さらに言った。

「全員、この考えに賛同してほしいんだが」

マレン・パタキは、最高裁の決定が下るまで、会社から与えられた自由にできる資金を失わずにすむことになった。彼女はリムジンに戻り、デジレ・ジョンソンと最後の打ち合わせをするため、刑務所へ向かうよう運転手に頼んだ。弁護士はいま、事件がここ三日間に見せた展開をかんがみて、華々しい結末を手にすることになるはずだと確信していた。けれども、依頼人の態度や愚かしい自信、無気力さや手に負えない発言は信用していなかった。マレン・パタキは、命を救う意向があるとジョンソンに伝える心構えでおり、彼が相変わらず先日と同じ疑問に気を取られたまま、無頓着な様子で面会室に入ってくるのを見てもあまり驚かなかった。

「で、俺は吸えるんですかね、例の煙草」

「ジョンソンさん、煙草の話じゃないんです。私は再審を獲得したいんです！　犯行時刻にあなたは現場にいなかったと主張していたじゃないですか！　ですから、チャンスをつかんで闘うべきです」

それを聞いて、偉大なるラスタファリアンは瞑想に入り込んだようだった。審問のとき同様、自らの境遇には論理学の問題ほどにも興味をひかれないとでもいうような態度だ。弁護士を探る両の目は、自分には彼女の言葉にちょっと修正を加える義務があるといわんばかりだった。

「たしかに俺はあいつをやってない。けど、それでも、ヤツはひでえ人種差別野郎だ！」

「お願いですから、デジレ、あの殺人を正当化するのはやめてください。そんなことをしても、裁判で有利に働かなかったじゃないですか。すべての犯罪は憎むべきものなんです、誰ひとり死刑に処されるべきではないとしても。私はあなたの無実を信じていますから、あなたをここから出すよう努めますね」

「裁判官たちに訴えるってことか？」

「ええ、これから向かうつもりです！」

「頼むから、煙草の銘柄を選ばせてくれと伝えてくれないか。イギリスのがいいんだ。両切りのベンソン、ガツンとくるぜ！」

彼は口元をほころばせた。

「ちょっとばかりハッパもあれば、なおいい」

死刑廃止運動の活動家は、同情をこめた笑みを浮かべた。このあわれな男には何も期待できない。命拾いに必要なことを行なう能力がないのだ。自分だけで何とかしなければならないだろう。彼女はジョンソンに別れを告げて車に戻り、運転手に最高裁へ向かうよう頼んだ。十六時に召喚されており、見解を述べることになっていた。

例によって、マレン・パタキの口頭弁論は人並以下だった。前代未聞の展開によってもたらされたチャンスにもかかわらず、好きなように活用できる数多くの論拠と強い信念があるにもかかわらず、自分の主張の適法性を司法当局者たちに認めさせる言葉が見つからなかった。共和国の判事たちは恩着せがましい態度で話を聞いていて、彼女はまるで口頭試験を受けている生徒のようだった。判事たちは彼女の話に興味をひかれず、死刑判決の取消要求を退けた。ただ、それとほぼ同時に、彼らはこの弁護士を置き去りにして専門家同士の話し合いを始めた。デジレ・ジョンソンが提起した前代未聞の問題、つまり〝最後の一服〟の問題をめぐり、熱中——少なくとも気晴らしを——しているようだった。第四七条と所内規則一七六のb節、それぞれの重要性とはどんなものか？　数分後には、黒い法服にアーミン毛皮の襟《えり》を身につけた年老いた専門家たちはこの熱い討論に没頭し、弁護士に対して決着がつくまで外に出ているよう指示した。

話し合いは夜遅くまで続いた。事の重大さを前に、判事たちは執行吏に裁判記録のコピーを持って来るよう頻繁《ひんぱん》に頼み、それが机の上に積み重なった。名高い裁判の数々の記録は、共和国の、そしてローマ帝国の起源までさかのぼる。各自がそれを活用して、学生時代の記憶を呼び起こし、判例の何とかという細部や、長いキャリアのなかで扱った何とかという興味深い事例を思い出していた。まる一晩にわたり、雄弁さを競うコンクールが行なわれたその間、弁護士は、審判を待つゼネラル・タバコ社からの電話で三十分ごとに起こされながら、待合室の椅子でうとうとしていた。深夜零時頃、マスコミが裁判所前にいまだ大勢集まっているところに、裁判所長が、しわのある赤ら顔に学生の雰囲気を取り戻した三人の同僚に囲まれ、七票対四票となった決定事項を発表しようと姿を現わした。そして判決理由を列挙し尽くすと、結論を述べた。

「ゆえに、死刑囚デジレ・ジョンソンは、最後の望みを果たす許可を与えられる。つまり、好みの銘柄の煙草を吸うことを認め、刑務所管理者がそれを供給することとなる。なお、法律により定められた所内での禁煙規定に違反しないよう、刑務所管理者は、人々の健康を損なわずに最後の望みを果たさせるため特別に設けた喫煙区域を（所内または所外に）用意しなければならない。最後の煙草を吸い終え次第、宣告済みの死刑が適用され、デジレ・ジョンソンは致死薬の注射を受けることとなる」

4

〝大人であること〟は僕らの目指す将来、僕らの理想だった。子どもたちは厳しい規則の数々に従っていた。あの長過ぎる年月のあいだ、僕らは釈放を待つ囚人のように生きていた。ヴァカンスは、自立という束《つか》の間の感覚と、世界の果てしなさに対する突然の認識をもたらした。だが、あっという間に——新学期が始まるとすぐに——枯葉のじゅうたんが敷かれた狭い校庭に消散してしまった。僕が小さかったときは、〝大人たち〟の世界に迎え入れられるのを待ちながら、黙し、従い、勉強し、学び、何より我慢しなくてはならなかった。思春期には、こうして待つことがいっそう切実で耐えがたく、そして具体的になってくる。階段は次から次に現われる。初めての煙草、初めての金、初めての夜遊び、初めてのキス……あの頃の見来予想図のなかにそれらはあり、実際の人生は〝成人〟という公式名称を持つに向かっていた。タブーが消え、許可を求めずに（少なくとも、結婚前の短期間は）行動したり選んだりできるようになるあの楽園を、僕はほかの子どもたちと一緒に横目で見ていた。何でもない行為が、僕らの目には成熟の象徴と映った。車を運転する、クラブに行く、《プレイボーイ》を売店で買う。けれども大人の権利のうち一番のものは、まぎれもなく〝喫煙〟だった……。ガンになるリスクなんてどうでもよかった。それどころか、映画や広告はこの習慣を、自由を表わす行為と見るよう僕らに教えてくれた。煙草に火をつける、口にくわえる、煙を吐く。この変わった芸当は、それを行なう人間にモダンで洗練されたエレガントな物腰を与えていた。役立たずで、観賞用とも言える物、煙草は、人間を動物と分けていたのである。この方法やまた別の方法を用いて、僕らはできるだけ早く大人になりたがった。

それから三十年後、まさか人生のなかで最も危険をはらんだひとコマが、煙草を吸うため――十三歳の中学生そっくりに――人目につかない所を見つけ、現行犯で逮捕されないよう風通し十分の場所で鍵をかけたドアの裏に閉じこもることに隠れていようとは、一体どうすれば予想できただろう？　僕の身を守るために講じられた対策に厳しい圧力をかけられて、手に入れたばかりのこの自由がこんなに早く崩れ去るなんて、どうすれば想像できただろう？　まずまず自由だったあの何年かのあとに、まさか自分の社会生活が、そのタブーも併せ持った〝子ども時代への回帰〟に姿を変え、それに反して子どもたちはとめどなく増える権利を気前よく与えられることになろうとは、一体どうすれば予想できただろうか？

事の始まりは正確にはわからないが、ある日、大人たちは子ども時代を目指したいと思い始めたのだ。突如として、大人たちにとって重要なことは、乳幼児の話に耳を傾け、お供をし、手をとり、彼らの求めにこの上なく応じた世界を作り上げ、自分の中に埋もれている子ども時代を取り戻すこと以外にはないといった様子になった。夢は逆転し、大人たちは若者を、自分たちには二度と手が届かない理想像と見なした。率直さ、純粋さ、みずみずしい肌、健康な体。初期のリアリティ番組で、その参加者たちは、成熟した思慮分別《しりょふんべつ》のある人間らしくはふるまわない術《すべ》を身に付けつつあった。逆に、わざと学生のようなやり方に戻り、歌やダンス、寮に寝泊まりすること、バカバカしい原因の口げんか、それから頻にキスし合って人前で仲直りすることを学んでいた。彼らは大人の滑稽《こっけい》な強迫観念から解き放たれ、視聴者に向けて無邪気さのうちに自分をアピールした。そして視聴者自体も、主に子ども、つまり広告市場の支配者からなっていた。子どもであることは社会の夢となり、この夢がそれに伴う制約に耐える力となっている。僕らが大人であることに憧れながら、子どもであることに耐えたのと同じ構図で……。

午後、そんな考えが僕の頭をよぎっていた。僕は赤のマルボロ（タール：〇・五㎎、ニコチン：〇・〇四㎎、一酸化炭素：〇・五㎎）を吸おうと、市役所の三階にあるトイレに閉じこもったところだった。ズボンを下ろし、うっとりと煙草を吸い、熱い煙を気管支の奥深くまで入れ、そして吐き出す。ポケットに隠しているドライバーのおかげで、先週ようやくこの閉め切りの窓を開けることに成功した。その作業には、一日十分程度の割合で、数カ月を費やした。ねじを残らず取り外し、ちまちまと木工用接着剤を削り落とさなければならなかったが、最後にはとうとう窓のかまちが外れた。隠れ喫煙者は、風通しの良い場所を選ばなくてはならない。このごく狭いトイレにはセンサーがないとはいえ、煙がドアを越えさえすれば廊下のアラームを始動させるには十分だ。なので、いつもしっかり換気する時間をとるし、出る前にはきちんと窓を閉めている。

去年までは、数カ所の喫煙所がまだ行政センターの敷地内に設けられていた。そして〝天寿をまっとうせずに死ぬ〟奴らは、同僚たちの軽蔑の目にさらされたのちに、ここではとうとう追放者のようになっていた。それなのになお、託児所があらゆる場所へと広がって、ちびっ子たちがこの建物内で特権を持つ客人となって以来、わずかでも彼らを毒する危険性があれば、もはや大目に見るなどということは論外となってしまった。大人のあいだでは、僕らはまだ〝自分の肺の健康を損なう〟ことが可能だった。つまり僕らは、文学の教員、法学士、一家の父、真面目な公務員らで構成される、哀れなろくでなしの集団でしかなかった。ところが、ちびどもがニコチンの害にほんの一瞬でもさらされるとなると、とんでもない！　全面禁止！　何を言おうと無駄！　喫煙者たちはむしろこの機会を利用して、悪習を正し、中毒を治療するがいい、となる。

こうした対策は、ご推察どおり、子ども時代に対する僕の感情を和《やわ》らげはしなかった。ところが一方で、思春期の楽しみへと僕を退行させる原因になった。中毒を治すどころか、せいぜい二平方メートルしかないこの場所で、注意書きを読み返しながら、僕は子どもじみた秘密の喜びを感じつつ煙草を吸うのだった。〈妊娠中の喫煙は胎児の健康を損ないます〉。僕は始末に負えない悪ガキのように煙草の火を赤くし、規則をコケにしてやった。そして意地悪い笑みを浮かべて、ガキどもが廊下でぎゃあぎゃあ騒ぐのを聞いている。奴らは、僕が思い通りに生きるのをじゃまできやしない。けれども、あらゆる〝違反者〟に〝起訴〟を約束する小うるさくて堅苦しい新内部規則を思い浮かべると、笑みは悪意に満ちた渋面《じゅうめん》に変わった。かつては、禁煙区域で喫煙する者は忠告されるだけで済んでいた。ところがいまや罰せられる。とはいえ、煙草は僕の気管支を温めるし、こうした衛生対策を発表した市長の赤ら顔を思い出しては卑しい喜びを覚えるのだ！子ども、母親、おばあさんの味方が名を連ねる名簿で、常に一番上にいる男！　市長は行政センターを保護された区域に変えたと信じている。ただ僕のことは捕まえられないだろう。で、僕はゆっくりとそのツラに煙を吐きかけているのだった。

昼過ぎにあった〝生活の質〟に関する月一回の実務会合の際、僕は市長と顔を合わせた。市長は皆を前に、報告書の件で僕をほめた。環境保護がもたらす〝逆説的な公害〟を明るみに出す、かなり鋭い研究報告書だった。この驚くべき現象を誰ひとり予測していなかった。つまり、街をあげて行なわれた車線の制限は、渋滞と公害を悪化させただけで、しかも我々が守ろうとした対象の市民が、その一番の犠牲者なのだった。マスコミは市当局に好意的だったので、車は以前より滞りなく流れるようになり、空気もきれいになって、皆いっそう満足していると何ヵ月にもわたって強弁していた。ただし、はじき出された統計データは現在、この空論的な総括と矛盾している。当初、例の奨励策により、ドライバーたちが運転を思いとどまることが期待されていた。ところが彼らはあきらめなかった。それどころか、〝市民の車線〟を設けたせいで、硫黄酸化物と一酸化炭素の濃度の急上昇を引き起こした。街の中心地全体が歩行者向け区域へと整備され、隣接地区の交通渋滞が悪化すると、以前は静かで健康にも良かった夏でさえ悪夢に変わった。いくら「何もかも好転する」と繰り返しても無駄で、この状況により皆が被《こうむ》っている。以上が、ドライバーである支持者たちをはっきり敵に回すことなく、自然を大切にする人々から好評を博している、と考えられている政策の危険要素だ。

市長は、僕の分析において優れていると感じた点を言い尽くし、さらに〝共により良く生きる〟自分の政策が悪影響を及ぼす可能性があることを後悔までしたあとで、僕の報告書は内部に留めてほしいと言った。それから、彼曰く自分の政策に難癖をつけるきっかけを待っているらしいいくつかのメディアを酷評し始めた。どう見ても、僕の報告書が市長を不快にさせたのは明らかだった。なぜなら、世論が変わるかもしれないという予想や、彼の政策に否定的な見方の出る可能性、彼の活動を汚す悪意ある視点が生まれる危険を刺激するからだ――それも、〝清廉と公共の福祉への執念〟に導かれるこの男をほめそやす拍手喝采が鳴り響いたあとだというのに。ただひょっとすると、このバカはその天使のような外面の下で、僕が毎日トイレへ身を隠しに行って――自分が街の人たちにひそかに毒を盛っているように――気兼ねなく自分の気管支と血液を汚していることを嗅ぎ付けているのだろうか？

実務会合が終わったとき、会議室の前では二十人ほどの子どもが輪になって踊っていた。午後になると毎日学校からやって来て、親が迎えに来るのを待っているのだ。守衛は僕らに、子どもたちの踊りが終わるまで待つよう言った。指導員がタンバリンを叩きながら民謡を歌っていた。子どもたち――五、六歳ぐらい――は、かわいらしく手を取り合っていた。シャッセのステップを踏みながら回っており、市長のスタッフ（市長専用のドアを使ってさっさと出て行った）の大半は、この純真無垢《むく》な光景を前にうっとりして足を止めた。眼鏡をかけた四十代にはげ頭の五十代、ネクタイを締めた役人たちは皆、至福感に包まれて大げさな言葉を口にしていた。まるで、より良い社会が幕を開け、子どもたちから学ぶことは多く、若さのうちに存在意義を見出すためにはいまこそ一人前の男の地位を捨てるべきだと信じ込もうとしているかのようだった。

「あの小さな女の子を見たか？　瞳が知性でとびきり輝いてるぞ」

「それにほら、あの韓国人の男の子、見てくれあのユーモアあふれる顔を！」

そこに僕の声がいまいましげに響く。「年寄りの小児性愛野郎どもが！」同僚を押しやりながら、話の腰を折ってやった。

僕は、憤慨している守衛の視線を感じながら、子どもの集団を押しのけて廊下を進んだ。そして振り向き、冷ややかな口調で言い足した。

「このくそガキどもを外にたたき出して、普通に仕事させてくれ！」

皆の愕然《がくぜん》とした視線を浴びた。寛大な人たちは、僕が苦境に立たされており、夫婦間に問題を抱えているのだろうと考えた。鋭い人たちは、報告書を葬《ほうむ》り去るという市長の決定を受け入れがたかったのだろうと考えた。子どもたちはというと、少しも気にかけず、テンポの上がるリフレインに合わせて踊り続け、浮かれ、入り乱れていった。ほどなくして子どもたちが四散する気配がしたとき、僕は、強制的に押し付けられた仕事環境の埋め合わせをしようと固く心に決めてトイレに入るところだった。そして、後ろ手にドアを閉めた。次に鍵をかけ、ズボンを下ろした（もし誰かがドアの向こうで順番待ちをしていた場合、衣擦《きぬず》れの音を聞かせたほうがいい。そうすれば、この場所にいる自然さが増す）。それからドライバーを使い、窓を支えていた最後の小さなねじを回して、大渋滞のなか車がのろのろと進んでいる勝利大通り《ヴィクトワール》に向かって窓を開けた。そこで煙草の箱を取り出し、毒の煙草をつまみ、フィルターを口にはさんで、流れこむきれいな空気に寄り、ライターに炎をともして煙草に火を点《つ》けた。

いらだちの原因は別の事情にある。事は、自分の別荘を見せたいというラティファの兄に招待された先週末までさかのぼる。一見ありがたい申し出だったが、応じたのは間違いだった。家族交流に参加したせいで、気ままに享楽にふける生活スタイルを乱されたのだ。ただあのとき、ある理由のおかげで、この小旅行に行く方向に心が傾いていた。古い運河の流れる、起伏に富む地域の観光だ。ブドウ畑を散策してから野原にゆったりと横になるという計画で頭がいっぱいになり、後ろ向きな理由——何よりもまず、ラティファの甥と姪たちの存在——から目をそらしてしまった。三人の下品なガキどもは、生まれたときから、両親に対して独裁権力をふるっているのだ。もっとも義兄夫婦は、僕らの牧歌的な旅行をすっかり台無しにする別の手段も押さえていた。

すべては土曜日の朝に始まった。前夜は遅くに着き、モミのいい香りが漂う部屋で快適な夜を過ごした。ラティファは鳥の声で目を覚まし、コーヒーを飲みに九時頃に一階へ下りた。少しして、彼女は煙草に火を点けようと暖炉の前に腰を落ち着けた。そしてライターをカチッといわせたとたん、義姉がキッチンから出て来て、穏やかに説明した。

「ごめんなさいね、私たち、家の中では吸わないのよ……」

〝私たち〟には客も含まれているようだった。義姉はこの言葉を、独裁的に響かないよう気まずそうに口にしたものの、話し合う余地はまったく与えなかった。ただし、この禁止令がラティファにとってひどく不愉快だとわかっていたので、すぐに付け加えた。

「しばらくは煙草なしでも大丈夫よ、体にも良いし」

義姉が、僕らに良かれと思って行動しているつもりなのは明らかだった。彼女は、ラティファのがっかりした顔を見て、言葉を足さなくてはと思ったようだ。

「正直言うとね、子どもたちの健康が気になって。それに、いいお手本にもならないし」

ラティファはむっとしたものの、わざわざ義姉一家に歯向かうことはせず、寒い庭にあるひさしの下でひとり煙草を吸い終えた。一方で僕は義兄に皮肉を言っていた。

「昔の共産主義者を彷彿《ほうふつ》させますねえ。どうも、かつてお吸いになった煙草の分、特別シビアになられたような!」

「そんなんじゃないんだ! いや実際、僕らはあのにおいをかぐと気分が悪くなるんだよ、本当に! 君たちふたりには悪いけど。まあ、うちで唯一のささいな決まり事だからさ」

この〝唯一のささいな決まり事〟が、朝っぱらから不愉快な空気を生み出していた……。たしかにふたりの言い分はまっとうで、この制約はためになるものだと認めざるをえなかった。それに、そもそも僕はそんなに吸わないから、大した苦労ではない。だからその代わりに、不健全な好奇心をもって、僕はこの人たちの健康に対する強迫観念に注目した。結果、義姉の家で煙草によって引き起こされる不快度は、想像をはるかに超えたものだった。昼下がり、ラティファと僕は自分たちの部屋に上がった。開け放った窓のもと、ラジオがふたりの滑るような官能的な動きを覆い隠していた。セックスのあとには一本吸いたくなることが多い(男らしさの、古いお決まりのイメージ。思春期に触れた探偵小説のせいだと思う)。こうなるのを見越して、灰皿代わりのソーサーを一枚こっそり拝借してあった。僕はバスローブをはおり、煙草のにおいを分散させようと窓にもたれた。そのとき、一番年下の甥っ子が庭を通りがかった。そして顔を上げると、僕が煙で輪をつくっているのに気づいた。僕は甥っ子に親しみをこめて手を上げたが、向こうはすぐに居間の母親のところへ戻り、いま見たばかりのことを話したのだった……。五分後、義姉はキッチン――僕らの部屋の真下――で、煙草の煙に悩まされているとでもいうように、続けざまに神経質な咳をした。物理学の法則によれば、煙は階下の室内に〝下る〟はずはない。ということは、それはむしろサインだった。この病んでいるような爆発音は、僕らに向けられていた。僕らはおびえて、音を立てずに、地下潜行者のように潜んでいた。いっときの静寂のあと、ついに義姉が一段一段と階段を上がって来て、さっきよりも強く咳きこみながら、僕らの部屋の前を何度も往復した。三十分後、散歩に出かけるため義兄一家と集まったとき、義姉は怒りながら現われた。

「まったくもう、家の中では吸わないでちょうだい」

彼女は念押しとばかりに、きっちり押しつぶしてあるすすけた吸い殻二本が載った罪深いソーサーを僕らの鼻先に差し出した。そして、うんざりしたというように嘆いた。「ぞっとするわ！」それからこの証拠品をゴミ箱に突っ込んだ。すると、今度は子どもたちが僕らを見てこう唱えた。

「たばこは、さいあく！」

「たばこは、ガンのもと！」

僕らはこの一家全員の子どもになってしまっていた。侮辱されて、僕は、こんな状況なら家に帰ったほうがましだとの判断を下しかけていた。けれどもラティファが手を軽く握るのを感じた。落ち着くよう促《うなが》していて、帰るまでは〝衝突〟を避けたがっていた。

このつまらない週末を、面白い会話でカバーできたかもしれなかった。だがあいにく、この二日間に大人同士は一言も言葉を交わせなかった。義兄夫婦が、食事の際は毎度、きまって三人の子どもたちをテーブルの中心に座らせたからだ——会話のいっさいの主導権を子どもたちに与えるために、前菜からデザートまでずっと、大人たちは隔《へだ》てられていた。ある話題が始まれば、長男（十歳）がさえぎって、その朝乗馬クラブで何をしたかを話す。そして、友だちのひとりが自分よりもいい携帯ゲーム機を持っていると腹を立てるのだった。つづいて妹が、友だちのジェニファーのことを話したがる。義兄夫婦はどうやら面白がっており、もっと詳しく話すよう言っていた。そのかたわらでは、一番下の子がポタージュに鼻をつっこんで泣いている。またあるときは、義兄は、こうした子供の騒がしい声は誰のじゃまにもなっていないとでもいうように、くつろいだ様子を装って、会話を始めるのだった……。ときおり子どもたちは自分の部屋へと走り去り、僕らには大人の会話の糸口をつかむ余裕が与えられる。けれども義姉が突然、娘が泣き叫び始めたからなだめなくては、と話をさえぎる。ラティファと僕は、一番下の子とその子に食べさせ続けている父親とともにテーブルに取り残されて、途方に暮れた。

おまけに、子どもたちは夜中過ぎまでずっと起きていた。全員へとへとになりながら、そろって日曜日の夜に電車で帰った。その長い移動のあいだじゅう、三匹の怪獣どもは、車両の端から端へと走り続けた。子どもたちは中央の通路をほかの乗客にぶつかりながら走り抜けていた。歓声やインディアンのおたけびをあげて。妹は兄を追いかけて、おむつをつけた赤ん坊はふたりの後ろでよちよち歩く。そして飽きもせず、今度は逆方向へと繰り返すのだった。はじめ彼らの両親は、自分たちだけには何も聞こえていないかのようにふるまっていた。本当は読んでもいない本に没頭しながら、にらみをきかせて子どもたちに介入しても無駄と判断していた（育て方をかんがみると、どのみちにらみなどききやしない）。僕はいたたまれなくなり、他の旅行客たちに自分の無力さを目で詫びた。ようやく、子どもたちが皆の迷惑になっていると気づき、父親か母親のどちらかが何とかすることになった――だが、両者とも、子どもに張り付く役には相手を指名していた。ふたりは、声にあらんかぎりの優しさをこめて、落ち着いて席に座り、静かな遊びをするよう子どもたちに言った。子どもたちはぼんやりと捕らえられるがままになっていたが、まもなく不機嫌にぎゃあぎゃあ叫びながら両親の腕の中で体をよじり、床に身を滑らせて、また通路を走り始めた——妹は兄を追いかけ、おむつをつけた赤ん坊がふたりを追いかける。僕はこの光景に気を取られながら、子どもたちの騒ぎのなかに、明らかに僕らを狙っているように思われる何か攻撃的なものを感じ取っていた。

ひとりだ、やっと三階のトイレでひとりになり、僕はズボンを下ろして堂々と煙草を味わっている。煙は、吸ったそばから開け放った窓を通って出て行き、僕はそんなに悪い事ばかりじゃないなと考えた。今朝、行政センターに向かいながら、週始めの陽気な活力を感じた。週末は終わった。ラティファの甥と姪にはしばらく会うもんか。花咲く僕の小さな家、優しい愛、そしてひどいにおいの漂う街の幹線道路までも、こういった日常すべてが、家庭生活よりも好ましく思えた。タブーはあれど人間の知略もある。だから、僕がこの煙草を吸うのを誰もじゃまできないし、閉じたドアにも守られている。闘いは互角ではないけれど、僕はまだ抵抗できる。ついさっきエレベーターに乗る前に、三人の子どもたちを追い抜いて、その鼻先で扉を閉めてやることに成功した。そうなると上の託児所に行くのに五分待たなくてはならず、子どもたちは怒り狂って扉をドンドン叩いていたが、エレベーターはとっくに上昇していたのだった。

まあ手っ取り早く言えば、僕は大人なんだから好きに生きるってことだ。心穏やかにいられて、仕事をきっちりこなせれば十分だ――ただ、トップの人間とはある程度やりあうことになるかもしれない、さっき交通事情をめぐって行なったような討論を。市長が聡明なら、そうやって僕が前に出てくることをありがたく思うはずだ。権力の座にある男は、情報に通じてなくてはならないのだ。僕はもう一口吸い、自分なりにかなり冴えていると感じた。便器に腰かけて煙の味を楽しむと、その快感のおかげで、自らのエスプリと、論争を引き起こすその手腕をふたたび自画自賛したくなる。同僚たちが右へならえに安んじているのとは大違いだ。グレーのズボンは、外したベルトと共に床にある。こうしてパンツを穿いたまま膝に肘をついて煙草を指にはさんでいる姿は、市組織での僕の強い影響力を見極められない人の目には滑稽《こっけい》に映りかねないな。僕はもう一口吸い、窓に向けて煙を吐き出した。

まさにそのとき、ドアノブが九十度回転した。優越感にひたっていたため、見下す気分で、この闖入者《ちんにゅうしゃ》は僕が終えるのを待つべきだと思った。挑発的な気持ちで、改めて煙草を吸う……が、次の瞬間、心臓が止まりそうになった。〝ドアが少し開くのを見た〟のである。ひどく遠慮がちな動きだったので、鍵をきちんとかけていなかったと気づくまでに時間がかかった。相手に先を越され、まずは小さな手が、続いて眼鏡をかけて僕を見ている五歳の小さな女の子のぽかんとした顔が煙の雲の中に現われるのを見た。悪事の現場を押さえられ、逃げ道もないが、たかが子どもだ、びびっているわけにはいかない。そこで、怒り狂った声で叫んだ。

「さっさと出てけ! 使ってるとこだってわかるだろ!」

女の子は立ち去るどころか、どうやらこの光景に魅せられているようだ。僕から目を離さず、鈍い頭で唯一とらえられたことを口にした。

「なんでズボンぬいでるのに、パンツぬいでないの?」

「出てけって言ってるだろ!」

女の子はか細い声でしつこく言った。

「だって、ここでたばこすっちゃいけないんだよ。子どものけんこうのためなの!」

こんなに幼いのに自信満々に自分を守る規則を暗唱していることに、僕はかっとなった。往復ビンタをくらわせたかったが、やれば目をつけられてしまうかもしれない。ふいに、半開きのドアからもれている煙のにおいが心配になった。ひと動作のうちに、僕は立ち上がり、窓からまだ火のついている煙草を投げ捨てた。それから、パンツ姿でどうにか前に出ながら――ズボンを靴に載せたまま――命令した。

「ここからうせろ、このまぬけ！」

今度はうまく脅せた。女の子の顔が赤くなって眼鏡の奥に涙が浮かんだとき、僕はドアを勢い良く閉め、鍵をかけ直して、場を元の状態に戻した。換気のため、何度か窓を開け閉めする。そしてドライバーを取り出し、秘密のねじを締めて窓枠をはめ直した。〝海風の香り〟の防臭スプレーを少量吹きかけ、ズボンを引き上げて、トイレで用を足していたと証明するかのように水を流す。最後にベルトを締め、ほかのトイレ利用者と何ら変わりなく、三階のトイレを出た……。あの子はおびえていたから、ばらさないだろう。すると廊下で、やや離れたところにその子がいるのに気づいた。壁に寄りかかって、ぶつぶつ文句を言っている。僕の無礼な行為に傷つけられたとでもいった様子だ。もっと心理的プレッシャーを与えようと、横を通りながらひそめた声で、けれどもぴしっともう一度言った。

「このまぬけが！」

一生、口をつぐませるために。

その夜、家に帰ってラティファに事件の話をしたが、ただ微笑んでいた。彼女は、僕がとんでもない勝負に出て大きな危険を冒したかのように興奮して話すのを聞いている。ただ、僕の話のトーンが、行政センターにはびこる不安と不信の気配を物語っていて、ラティファはとうとう、このちっぽけなエピソードが、脅威がのしかかってくるがごとくに僕をひそかに苦しめていると理解した。そして僕の理性を取り戻そうとして元気な声で言った。

「とにかく落ち込まないで！　五歳の子にトイレで煙草を吸うのを見られたなんて理由で！」

ラティファの言う通りだ。僕は吹き出してテーブルにつき、ホタテのサラダを味わった。ところが、夜も更《ふ》けた頃、ふいにまた僕を不安にさせることが起こる。ラティファが、うとうとしながらささやくのだ。

「ね、びっくりするかもしれないけど……私ね、そろそろ子どもを持ったらどうかなと思ってて」

「何を持つって？」

「子どもよ、私たちの」

「そこらへんに、もうあれだけ子どもがいるだろ？」

「私だって女なの、わかってよ！」

「けど、約束したじゃないか……」

怪物はどこにでもいる。扉の下に入り込み、いまはいびきをかいているラティファの頭の中にまで潜り込む！　神経が高ぶって眠れそうになかったので、枕元の電気を点け、今朝読むひまがなかった《テレグラフ・リベラル》を手にした。第一面に今週のスクープが載っている。デジレ・ジョンソンに対し、死刑執行前に最後の煙草を吸うことをついに許可した最高裁の決定に関するものだ。このニュースは僕をそこそこ喜ばせた。そしてほのかな希望が、隠れ喫煙者としての僕の不安を、しかるべき大きさに戻してくれた。

5

本当の危機は、恐れが去って心が落ち着いているときに生じる。おとなしくて自信のない生来の性格ゆえに、僕はつつましい勝利を目指して慎重に進んでいる。それなのに、誇らしげに顔を上げた絶頂のときに、陰に潜んでいた僕を物笑いの種にするものに覆われようとしている。僕は何度も、そうならないよう気を配っていた。自信が高まったり勝ち誇った気持ちになったりしないよう、たえず用心すること。〝狭量で、用心深く、謙虚で、おとなしい〟自分をもう装わなくていいと言葉巧みにそそのかしてくる、あの声に抗《あらが》うこと。声は、何ひとつ不可能なことはないと僕に思い込まそうとし、僕はその毒の香りに酔う。誇らしげに栄光の道を進み、つまらない面倒は忘れようと心に決める。そのとき、バケツ一杯の屑《くず》が頭に降りかかるのである。

きょう火曜日の朝、行政センターへ来る途中に、前日の不安が取り払われて僕は冷静さを取り戻した。女の子が僕が煙草をくわえている現場を押さえた、でもだから何だっていうんだ？　僕は、自分が市政にかけがえのない貢献をもたらそうとしているという、妄想に入り込もうとしていたっていうのか？　市長に、彼の政策への聡明な反論を示して、役所内のヒエラルキーのなかでいくらかの点を稼いだばかりなんだ。市長の苛立った様子こそが、その証拠だ。彼は僕の存在が必要だと気づき始めていたじゃないか。ラティファはきょう、朝食のときに何度も言った。「無駄な心配はしないでね。だってあなたは、ゆっくり一服しながら思索にふけっている最中にトイレのドアを開けるつもりだった鼻たれを、正当にたしなめてやっただけなんだから」

昼近くに起こり始めたとき、僕は数カ月間貯め込んでいた新聞の切り抜きを整理していた。ここ三年のあいだにこの街で呼吸器の病気が増えていることを報じる、コラムや記事、医学関係の短信の一連全部だ。これらの事実は、交通制限措置やその措置が原因の渋滞と関連があるとは露《つゆ》ほども思われていなかった。メディアは何としても市長を絶対に過《あやま》たない男として位置づけたがっていた――なぜなら彼が黒人女性と結婚し、黄色人種の子たちを養子にし、左派として出世し、ショービジネスの支援を得て市長の座を獲得したからだ。したがって、彼の決定事項はどれも有益であるように見えたのだった。〝市民の車線〟は街に〝清々《すがすが》しい空気の流れ〟をもたらした。

新聞は拍手喝采するだけだった——同じ新聞の別の面では、呼吸器の病気が不思議と増加していることを報じていたというのに。

僕はこれらの情報を照合すると興奮して、前回のものより語調を強めた分析結果を首脳部に再提出することにした。世論の急変を見越して巧妙に方向転換を始め、渋滞を悪化させずに車の流れを調整する方法を考えなければならない、と。論拠を検討し直していると電話が鳴った……。アシスタントが電話に出た。人事部長が、十五時三十分に来られるかと聞いてきたのだった。部長は面談の目的をはっきりとは言わなかったが、僕はすでにいい知らせだと感づいていた。昇級か？　昇進か？　最近の会議での発言に関する功績を認められての特別報酬か？　また一歩進めば、〝非常勤の〟頭脳労働者である〝特別顧問〟という、勤務時間にとらわれず給料も高い憧れの地位に近づく。そうなれば、興味のあるテーマに気兼ねなくじっくりと取り組めるようになるはずだ。面談予定を確認し、十五時二十五分には六階へ上がった。

部長室に行く途中で、以前、昼の会食に使われていた部屋を通る。そこは広い食堂で、この街の歴史を描いた一連の素晴らしい古いフレスコ画が鑑賞できる。イギリス艦隊の到来、一八二〇年の反乱、ロシア皇帝の訪問……。僕はこの十九世紀末の大きな絵が好きだ。具象派のその画法は創意工夫があまり見られないものの、細部の完璧さに魅かれる。衣服のひだ、要塞表面の光の効果、庶民の市場の雑踏……。いま、フレスコ画以外の備品と装飾をすっかり取り去ったこの部屋の真ん中では、空気を入れて使う城塞が二十人ほどの四歳から六歳の子どもの隠れ家となっており、子どもたちはピンクのビニール製の壁をよじ登っていた。ハートや子グマが刺繍《ししゆう》されたオーバーオールを着て、ちびっ子たちはわめき、よだれを垂らし、けんかをしていた。歴史上の人物たちの苛立たしげな視線を受けながら。ウプランドを着た数人の町役人は、ルネッサンス様式の窓から、騒がしい子どもたちへバカにしたようなまなざしを向けているように見えた。教育アシスタントのふたりが背を向けたので、僕も子どもたちにいろいろな顔をしてみせた。するとひとりの男の子がわめき始めた。

満足して人事部の受付に着くと、普通の職員のようには待たされずに、すぐさま部長のオフィスへ入るよう若い守衛に言われた。この役所での自分の地位を考えれば、まあそんなもんだろう。部長は事務関連の書類に埋もれて窮屈そうにしながら、顔を上げてちらっと笑顔を見せ、それから口元をゆがめてきまり悪そうに言った。

「じつはね、とても困ってるのよ。あなたに……変な話をしなくてはならなくて！」

これは市役所のしきたりだった。つまり、上級管理職にある人間同士は皆、くだけた言葉遣いで話すのである。彼女は続けた。

「ちょっとまともじゃないことでね……しかも直接あなたに関係があるのよ！」

僕の顔は、当惑した仏頂面に戻った。

「単刀直入に言うわね。はっきり答えてちょうだい。きのう、トイレへ行った？　女の子と？」

僕の見開いた目が、とても信じられないと語っていた。何だって？　トイレ？　女の子？　この簡潔な表現が、きのうのちっぽけな出来事に倒錯《とうさく》した雰囲気を添えているのか？　僕の声に憤りがあふれた。

「まさか、冗談だろ？　僕が子どもをトイレに連れて行くなんて、本気で思ってるんじゃないよな？」

彼女は参っているようだった。

「この話にはすごく戸惑ってるの。もちろん、全然信じてないけど……何て言ったらいいか、子どもの口から直接出た話が問題になってるのよ！」

あの子が僕を告発したってことか！　やられた……でもだからって、どうせ何も悪い事はしていないんだ。ただ、煙草を吸ったことだけはまずい。僕は急に汗が吹き出すのを感じた。あとで思えば、このときに、事の成行きを正確に話すべきだった。けれども、羞恥心らしきものが、いっさいがっさいを否定するよう僕を駆り立てた。自分のことを「僕はトイレに隠れてこそこそ煙草を吸うガキです」と言うなんてありえない。煙草の話に触れるのは無用だ。あの子が何か証拠を握っているわけでもない。ゆっくりと呼吸して気持ちを落ち着けてから言った。

「いいかい、事はいたって単純なんだ。たしかに、きのうトイレへ行ったよ、市長同席の会議のあとでね。たしかに、女の子が入ってきた、僕が鍵をきちんとかけていなかったから。そしてたしかに、女の子に出て行くよう言ってドアを閉めた。子どもたちにのっとられたオフィスでは、ありうることだろ？　これ以上のことは絶対にない。午後の時間をこんなことに費やすのはやめよう」

人事部長は好意的な態度を崩さなかったが、心からは納得していなかった。彼女は間をとってから聞いてきた。

「あなたがトイレで何をしてたか聞いてもいいかしら？」

この突拍子もない質問は何だ？　僕は薄笑いを浮かべながら肩をすくめた。

「いいかい、僕は皆がトイレで普通にすることをしていたよ」

「女の子は、あなたが窓から煙草を投げ捨てたと言ってるの。それから、あなたに脅されたとも！」

警察並みの尋問の的確さは、事実のバカげた貧弱さと対照的だった！　そこから危惧《きぐ》されるとおり、僕は〝煙草を吸った〟罪に問われているのだった。このとき一番簡単なのは自白することだった。けれどもやはり、ドライバーを所持しながらパンツ姿で煙草をくわえていた有様《ありさま》を語るという考えは、何やら屈辱的だった。筋の通った説明を探して、僕は応じた。

「なあ、窓が閉め切られてるのは知ってるだろ。そのうえ、行政センターのいたるところに、煙センサーが備え付けられてるんだぞ！」

「困ったことに、同じ時刻に、この建物の窓から落ちて来た吸い殻が、勝利《ヴィクトワール》大通りにいた通行人の頭に当たったんですって。言っておいたほうがいいわね、その人は気持ちがおさまらなくて、訴えるって脅してきてるわ。あなたを苦しめたくて言うわけじゃないんだけど……」

避けようとしていたものだったにもかかわらず、この結末は僕の心を軽くした。はじめから、窓を外すのに取りかかったあの最初の日から、これを待っていたのだとさえ思えた。煙草を吸いたいという欲求は、どうしても抑えられないものではなかった。むしろ問題は、規則に違反したいという倒錯した願望、そのことで捕まって叱られてお仕置きされたいという幼稚な欲求だった……。行政センターのトイレに隠れて煙草を吸っていることを皆に知られようとも、規則に違反しようとも、他愛ない罪にすぎない。喫煙反対運動の一般的な情勢に照らして昇進の遅れが懸念されることはあっても、罰は想像の範疇《はんちゅう》を超えないだろう。万事が明るみに出たので、人事部長の審判を待っていたが、彼女には妥協案を探るつもりがなさそうだった。

「あのね、どう言えばいいのかわからないんだけど、女の子は両親に言いつけているから処罰を覚悟してもらわないとならないの。とくに窓から煙草を投げ捨てたことに対して……。これからあなたの上司と一緒に、どうやって妥当な和解案を見出すか考えるつもりよ。約束するわ、できるだけのことはしてみる」

僕は控えめな仕草で感謝の念を示した。そして、用意周到に待ち構えていたこの挫折《ざせつ》に悔しい思いをしながら家に戻った。長年、僕は世の愚行や時代の猛威に関わらないよう努力してきた。車は持たず、子どももいない、テレビはほとんど見ず、僕の意志に関係なく僕を守りたがる人間の言うことには耳をふさいできたのだ。長年、仕事と愛と守られた優しい生活に身を捧げるため、こうした足かせの数々を無視しようと努力してきた。これだけの努力にもかかわらず、世の愚行は僕を捕らえることに成功したのだ。人事部長の罠にはまって正体を暴かれた経緯や、僕のキャリアが損なわれてはいないとしても灰色になった経緯をラティファに話すのは、恥に近いものがあった。僕を警戒している市長は公聴会の際、強い立場で僕に反論をしかけることができるだろう。

「街の公害と市民の肺の汚染に取り組む前に、まずトイレで煙草を吸うのをやめてはどうかね！」

僕は愚痴をこぼしながら、サルコを撫でていた。サルコは、慰めたいとでもいうかのように、毛の豊かな大きい頭を僕の腿《もも》にのせている。僕の話が終わると、ラティファは二人分のアペリティフを用意した。テレビに映るカウント・ベイシーのビッグバンドは、幸福は手の届くもので、この愛の巣でふたりが豊かな暮らしを育んでいける限り、仕事での成功なんて大したことではないとほぼ信じさせてくれた。その夜ラティファは心遣いを見せ、子どもの話はしなかった。

あの問題は週末までいっさい波風を立てなかった。僕は人事部長の審判を待っていた。同僚には何も漏れていないようだし、僕の仕事状況も変わりなかった。次の月曜日になって初めて、家に帰る際にたちの悪い不意打ちを受けた。郵便受けに〝少年課〟での聴取のため警察署へ出頭するよう通告する一枚の小さな青い紙を見つけたのだ。

僕は身動きせずにその呼び出し通知を見ていた。雲行きが怪しい。それもひどく。僕がこの通知書を差し出すと、ラティファは険しい目をして黙りこんでしまった。けれども、僕を本当にうろたえさせたのは、彼女が唐突にこう宣言したときの断固たる口調だった――人々が、絶望的な立場の人間をかばうときのようだった。

「闘いましょう!」

何と闘う? 隠れて煙草を吸ったのはバレている。それに、規則を破って子どもたちの健康を危険にさらし、火災報知器のアラームがあやうく鳴りそうになったことは償う気でいるのだ。これ以上に何を要求されるんだ? 僕は罪状をすべて認めて行政の結論も受け入れたとはいえ、人事部が司法警察に予想外にすり替わったのが気がかりで、いくつもの仮定を並べあげることに何時間も費やした。女の子の両親がほかの親たちに働きかけて、僕の行為が子どもたちの肺を危険にさらしていたと説得したのか? 彼らがさらに厄介《やっかい》な告発を行なったのか? 僕はこれまでに、子どもたちがいとも簡単に大人たちを悪質な大罪のかどで告発しては否認の余地も与えないのを、マスコミの報道で何度も見ていた。

続く火曜日、警察署に向かいながら、うまく切り抜けようなどとせずにありのままをあらいざらい話そうと心に決めた。警備にあたっている警官が、まず僕の身分証明書を調べ、つづいて金属製の正門をくぐらせ、エレベーターを指して僕を送り出した。入り組んだ廊下を通って少年課へ。少年課では、無愛想な秘書に、黄ばんだ部屋で待つよう言われた。壁に貼られたポスターには、走っている子どもたちの後ろに大人の男の脅すような影が浮かび上がっていて、上部に次のキャプションが付いていた。〈あなた方の子どもたちを守って!〉。不安に押しつぶされまいとしながらたっぷり三十分待ったところで、秘書から警視の部屋までついて来るよう声をかけられた。

一見、その男から不愉快な感じは受けなかった。机の向こうに座る彼は、髪の毛が薄くて細面《ほそおもて》、教養ある人間の話し方をし、仲間である証のように煙草を吸っていた。親しくなるぐらいの心づもりができ、僕は思いきってポケットから箱を取り出すと、吸ってもいいかと聞いた……。彼は承諾し、揶揄《やゆ》するように聞いてきた。

「煙草か、これがあなたのアリバイってとこですか?」

どうして彼はアリバイの話なんかするんだ? 僕は微笑むことにし、くつろいでいるともいえる口調で話した。

「アリバイって、いったい何のですか?」

警視は煙草をくわえ、象牙製の見事なペーパーウエイトをいじりまわしていた。そして僕をちらっと見て、ふいに皮肉っぽくたずねた。

「児童書はお好きですか? ウォルト・ディズニーの映画は?」

「あんなバカげたものに興味があるわけないでしょう」

「私の知る限りでは、あなたが子どもたちと一緒にいるところはあまり目撃されていないとか。たしかお子さんもいないんですよね？」

奇妙な論法を用いて、彼は次々と質問してきた。子どもへの興味の有無に関係なく、僕の行動には〝本質的に〟何かいかがわしいものがあるかのごとしだった。とはいえ、この男は頭が良さそうだったので、僕は試されているのだと思った。間髪をいれず、僕は事をはっきりさせようとした。

「聞いてください刑事さん、僕の日々の過ごし方に裏はいっさいありません。パートナーの女性とごく静かに暮らしています。彼女がそれを証明してくれます」

ふたりのありふれた異性愛による関係を力説し、僕は決定的なポイントを稼ごうとした。彼はしばらく沈黙したのちに返事をした。

「パートナーの方とのあいだにお子さんはいませんね？」

そのとき我慢がきかなくなったのは間違いだった。僕には彼の非難が、ラティファのしつこい頼みの続きに思えた。なんでふたりとも僕が子どもを持つことを望むんだ？　強い衝動に突き動かされて、彼の疑念に終止符を打とうとするかのように、僕はどなった。

「ええ、いませんよ、なぜって子どもは神経を逆なでして、ずかずかと生活に入り込んできては、面倒ばかりかけますから。市役所は託児所へと姿を変えました。そして同僚たちは――学位を持つ人間だってのに！――まるで保育士軍団だ。僕は子どもを求めてなんかいない、避けてるんだ、これではっきりおわかりになったでしょう？」

彼の沈黙で、はっきりさせすぎたことに気づいた。彼はふたたび柔らかい声で聞いてきた。

「なぜ避けるんです？　おかしな真似をしてしまうのではと不安なんですか？」

部屋に立ち上る煙の渦《うず》が、まだわかり合える可能性はあると信じさせてくれた。

「正直、何をおっしゃりたいのか僕にはわかりません！　このへんで終わりにしませんか、刑事さん」

「警視です！　おわかりでしょうが、変質者相手で難しいのは、奴らがきまって否認するってことなんですよ、とくに子どもに対する犯罪についてはね。たいていの場合、奴らは利口で、あなたぐらいの年齢で、どちらかというと教養豊かで正常に見えるんです……」

〝子どもに対する犯罪〟。彼はひどい言葉を口にした。この訴因となれば、どの訴因よりも確実に、厳刑が科せられ刑務所へ送り込まれることとなる。二年前、被害者の会の圧力を受け、法律はその表現から〝小児愛者〟という言葉を追放した。犯人に甘すぎると判断されたからだ（この言葉には該当行為と相容れない〝子どもへの愛情〟という概念が含まれているので）。そこで、

〝子どもに対する犯罪〟という表現が好ましいとされていた——が、この言葉は新たな混乱を引き起こしていた。というのは、子どもに対して邪険な態度をとった人間は、例外なく性倒錯者の類であると思われてしまうかもしれないからだ。警視がこのニュアンスに通じているのなら、事を明確にしたほうがいい。

「僕の理解が正しければ、警視さん、あなたは僕に、かつて〝小児愛〟と称されていたような性的倒錯の嫌疑をかけてるんですね。ただ、繰り返しになりますが、僕は〝子ども嫌い〟なんです、頭のてっぺんからつま先にいたるまで子ども嫌いなんですよ？」

「子どもたちに悪事をはたらくほどに？」

「そういうことじゃありません。嫌ってすらいないんです！　目に入らないし、興味がない、どうでもいいんです。僕にとって子どもは未成熟の人間、面白味のない小さな動物なんです」

「それで、動物にだったら、気もとがめずに何でもできるってことなんですね？　女の子を行政センターの三階のトイレに誘い込んで、その目の前で露出したように……」

初めて彼の顔が激しい怒りを呈した。恐ろしくなり、僕は精いっぱいの誠実な口調を取り戻した。

「警視さん、あの子はいきなり入って来たんです。僕はそのとき、ただ煙草を楽しんでいただけなんです」

　それから、喫煙者同士の仲間意識を呼び覚まそうとし、声を潜めて付け加えた。

「じつはですね、建物内であそこだけが警報器の鳴る心配がない場所なんです」

「ではなぜ鍵がきちんと閉まってなかったんです？　それになぜズボンを下ろしていたんですか？」

　警視はその場面の細部をことごとく心得ていた。この出来事は、ここ十日間で重みと大きさを増し、謎と嘘とおぞましさに満ちた〝事件〟へと姿を変えてしまったようだ。僕はまるで自分が子どもに戻って、大人の尊厳を奪い去られ、細部まで逐一言い訳しろと迫られているように感じていた。

「鍵は、そうですね、かけ忘れたようです……」

「かけ忘れた、なるほどそうだろう。子どもたちの受け入れ準備万端ですよ、とね！」

　僕はそれを流して、話を続けることにした。

「ズボンは、何というか……煙草を吸うときはいつもズボンを下ろすようにしていて……」

　警官はあざ笑った。

「いやはや、そりゃ興味深い！」

「僕はいつもそうなんですけど、もしだれかがドアの向こうで待っていたとしても本当に用を足していると思わせるために、ズボンを下ろすんです」

「それで、その誰かさんはどうしてあなたがズボンを下ろしたとわかる？　ドアがあいだにあるのに？」

「いや、警視さん。衣擦れやベルトのバックルは独特の音を立てるじゃないですか。外に待つ人はこの音で、用を足している人が脱いだ服を着ているところだとわかるんです」

僕は息をついだ。いったい僕は何の話をしてるんだ？　行政センターのトイレの使い方を警官に説明するのに時間を費やしてるなんて。また我慢できなくなって――まるで僕と彼は善意ある人間同士で、僕には話を終える自由があるとでもいうように――語気を強めた。

「ああもう、まったくもってバカげてます、このへんでやめにしましょう、頼みますから！」

「率直に申し上げて、そうした横柄な口のきき方はおすすめしません。いつやめるかを決めるのは私です」

警視はまたしばらくためらった。机に積まれた書類の山に身を傾け、あるページを探し出し、一節を声を出さずに読み返す。それから姿勢を正して、すっかりリラックスした親しげともいっていいような口調に戻り、状況を概括した。

「私自身は、あなたは有罪だと思います。あなたに関する書類を仔細《しさい》に検討しましたが、あなたは教養があって少し孤独、子どもたちに対してやや敵意を持っている人間ですね――実のところ、何かを恐れているかのようだ。まだ行動には移していないかもしれないが、そのうち行動に移す素地を持っている……」

僕が何を言おうと、彼の中で出来上がっている説を強化するだけだろう。切り口を変えてみることはできないだろうか？　これで最後と、僕は底力を奮い起こして身の潔白を証明しようとした。

「ではパンツは、あの子はパンツのことは話しましたか？」

「パンツがどうしたって？」

「はっきりさせておきますが、警視さん、僕はパンツを穿いてたんです。あの子はぜったいにあなたにその話をしたはずです！　猥褻《わいせつ》行為をもくろんでいたならパンツは下げてたはずでしょう。これは僕が〝煙草を吸うために〟あそこにいた証拠じゃありませんか？」

「ドライバーを手にしていたそうですね」

「ええ、煙を追い出すために窓を外すのに使う小さなドライバーです。うちの工具入れにありますよ」

「困ったことに、あの子はそのドライバーであなたに脅されたと訴えていましてね！」

僕はまた冷静さを失った。

「そんなことを言ったんですか、あのふざけたガキが。まさか、とんでもない、僕はトイレから追い出したんです、煙草を吸うのをじゃまされないようにね、ただそれだけです！」

警視は僕をじっと見つめた。

「いいですか、あなたみたいな人間には、私は相当な数会ってましてね、ほとんどは結局自白します。ただ、あなたの件では、いくつもの問題が重なり合っています。トイレで煙草を吸ったことに関しては、お勤めの役所が、直接あなたと一緒に解決することになるでしょう。窓から投げ捨てた吸い殻、こちらはもっと面倒です、当該の女性が危ない目に遭ったと告訴しています。また、彼女の弁護士は損害賠償を求めています」

彼は目の前に積み重なった文書を指差して確認しながら言った。そして少し間をとってから続けた。

「裁判官がそこまででやめてくれればいいですね。というのはつまり、私には無理そうだと言ってるんです。なぜなら、私は個人的にあなたを放免する気がないからです」

この最後の言葉を、彼は優しさすら感じさせる口調で発し、親切にも今後の手続きまで詳しく説明した。

「実を言えば、すべては女の子次第です。おととい、あの子から話を聞きましたが、最後まで行き着きませんでした。そこで来週、カウンセラーを交えてまた話を聞くことになっていますので、実際に何が起きたのかをあの子が話してくれればと思っています」

あまりの悪意に僕は呆然となった。彼は何としても下劣な要素を見つけたがっており、その理由を自身でこう明かした。

「あのですね、この職業には絶対の法則が存在するんですよ。子どもは決して嘘をつかないというものです。私は真相を見抜こうとするでしょうし、あなたの無実を信ずるに足る無数の理由を考慮することでしょう。けれども、何はさておき、そしていつでも、この金科玉条《きんかぎょくじょう》に立ち返らなくてはなりません。つまり、ほかの子どもたちを——軽率さゆえに——危険にさらすことにならないよう、あの子の話に耳を傾けるということです。あなたが有罪である可能性が一パーセントしかなくても、仮拘禁することには賛成するでしょう……。まあ、決定を下すのは裁判官ですがね」

〝拘禁〟って言ったか？　僕はもはやそこまで落ちたのか？　警視は聴取の最後まで冷笑的な態度を崩さず、僕を見送ろうと立ち上がって、親しげに肩を抱いて付け加えた。

「とりあえずは自由の身のままですよ。ただし、次の呼び出し通知を覚悟しておくんですね」

僕はよろめきながら部屋をあとにした。警察署を出て、まず反射的にすぐ近くのレーヌ公園の門をくぐり、カモのいる池端のベンチへ座りに行った。水中に配された崖のような岩と灌木《かんぼく》のなす人工的な景観のなか、水面を滑るように泳ぐカモを眺めるのが、僕は昔から好きだ。カモたちが水かきのある足を人工の島にのせて――そこでは彼らが王だ――、ぶるっと体をふるい、一列に並んでよちよち歩くのを眺めるのが好きだ。腰を下ろすと、必要なのは静かに呼吸することだけだとでもいうように、身動きもせず、この上なく幸せな思いで見とれていた。同じ言葉を繰り返しながら。「カモを眺めるのを誰にもじゃまされたくない。刑務所になんか行きたくない」

僕は夢遊病者のようにまた歩き出した。家にまっすぐ帰らず、カフェに入ってビールを注文した。いつもならバーテンダーにこの災難をぶちまけているところだ……ただ、事は〝子どもに対する犯罪〟なのだった。この類の犯罪は話題に出さないものだ。それに、そもそもウエイターと客はそのとき、国じゅうの人たちと同じくテレビに釘づけになって、デジレ・ジョンソンの最新情報に注目していた。司法を舞台にした実話のドラマは、その日の午後、最後の一服を生放送しながらクライマックスを迎えんとしていたのである。

6

「視聴者の皆さん、我々はいま共に、かつてない衝撃の瞬間を分かち合い、ここ二週間あまり話題になっていたあの事件の結末を目にしようとしています。状況を把握し、疑問を持ち、何かを感じ、討論に参加するには、テレビをつけるだけでいいんです。現地からの生中継は、まもなくこの〈裁判チャンネル〉でご覧になれます。なおそのことが、司法当局の承諾を得ているにもかかわらず、議論の的《まと》となっています。この一件は非公開で行なわれるべきだったと公《おおやけ》に評した人もいます。ですが、私どもの意見は違います、三重の勝利を収める大団円が公開できるのを喜ばしく思っています。三重の勝利とはつまり、まず司法にとって、判決がようやく実行に移されるという勝利。次に、あと数分で生放送中に最後の煙草に火を点けることになる死刑囚デジレ・

ジョンソンの勝利。そして、その最後の望みを支障なく果たすための技術的手段を提供した、彼のスポンサーであるゼネラル・タバコ社の勝利です。番組は全世界数千万の視聴者の方々に見守られており……」

その言葉のエネルギッシュな調子に反し、アナウンサーの声には厳粛さが含まれていた。カメラの前でマイクを手にし、風に少し髪をあおられながら、彼は自分がひとりの男の最期を紹介しているということを常に念頭に置いていた。しかもその男は警官を殺しているのだ。この十五日間、政党や友人グループや家族は、ジョンソンと死刑と煙草の権利をめぐる論争において意見が様々に割れていた。いくつかのバーでは、客たちが意見をたたかわせたあげくに取っ組み合いを起こした。アナウンサーは放送前に、この複雑な法的問題の大詰めにふさわしい言い回しを探した。そして、熱っぽさと控えめな興奮をないまぜにしたものを採用することに落ち着いたのだった。専門家たちの討論の時間が終わった。いまからは、ゼネラル・タバコ社の後援のもと、興奮のときを味わうことが肝心だ。多国籍企業の赤と金のロゴが、囲いの周りに立てられた小さな旗々の面《おもて》にたなびいている。まもなく、死刑囚はここで最後の喜びをかみしめ、そのあとで刑務所へ戻って致死薬の注射を受けることになっている。

「視聴者の皆さんがご存知のとおり、最高裁がマレン・パタキ弁護士の控訴（死刑執行の差し止めを要求した）は棄却したものの、最後の望みを果たすという侵すべからざる権利を死刑囚に認めると、刑務所の首脳陣は前代未聞の局面に向き合うこととなりました。煙センサーが完備された場所で、どうやって煙草を吸うのか？　規則を厳格に適用せよと要求して施設を包囲する複数の禁煙団体がちらつかせる訴訟の波をどうかわすのか？　看守の組合のみならず、〈刑務所内の受動喫煙禁止！〉を絶対に譲らない囚人グループをどう納得させるのか？　逆に、幾人かの職員代表者たちは、喫煙所の開設を目指して、この事態を利用したがっていました。そんななか、ゼネラル・タバコ社が、セキュリティ上の規範を順守しながらデジレ・ジョンソンが煙草を吸うのに必要な資金を、刑務行政の懐を痛めずに、全額提供できる態勢にあると表明したのです。そして、この企業と司法当局はいくつもの仮説を検討した結果、拘置所から一キロ離れた風通しの良いこの場所を選びました……」

アナウンサーは、背後に広がる春の花がしきつめられた草地を指し示した。ここ数日で、その野原の縁に沿って高さ二メートルの柵が建てられた。四隅《よすみ》には哨舎があり、重装備した看守がそこを占めている。カメラは、マスクで守られた彼らの顔をクローズアップしていた。

「……こちらの男性たちは、今回の執行において統制を確保するために選ばれ、煙草の発散物から身を守るための特別装備を受け取りました。同時にゼネラル・タバコ社から、刑務所外でのこの活動に対して特別ボーナスをもらうことになっています……。さてそろそろ、デジレ・ジョンソンが心穏やかに煙草を吸うときに使うガーデンテーブルとチェアを見てみましょう……」

カメラはゆっくりと柵から柵の内側へ、タンポポとヒナギクとスミレの咲き乱れる草地へとパンした。この急ごしらえの庭の中央には、鉄まがいのプラスチック製の白いガーデンテーブルとチェアが置かれている。カメラはさらに寄り、主催者がテーブルの上に置いた物を映した。灰皿とライター、それに現行の規則に適った煙草の箱。箱にはガンにおかされた肺の写真があしらわれている。ゼネラル・タバコ社は、病気を暗示するものがいっさい付いていない特別な箱を死刑囚に提供したがった。ただこの点をめぐっては、禁煙団体側がゼネラル・タバコ社に勝ったのだ。すなわち、犯罪者デジレ・ジョンソンを特別扱いしないということである。

「さてここで、刑務所のほうに動きがありました……もしもし、ジャック、聞こえますか？」

音声では会話が始まっているのに、カメラはなおも花咲く野原を見回している。

「はい、ミーシャ、よく聞こえます。私はいま刑務所の入口にいます、ドアがちょうど開いたところです。そろそろ、死刑囚を執行場へと輸送するバンが現われると思います……あ、執行場というのはつまり、最後の望みを執行する場、ということです！」

「――ジャック、刑務所からゼネラル・タバコ社の整備したこの草地までの距離が約一キロメートルだということを頭に入れておくのも一興ですよね」

「――ちょうど一・三キロメートルです。あ、ミーシャ、いまようやく車が刑務所を出て行きます！」

草地の映像がぼやけ、刑務所を映した固定画面に代わった。バンが軽装甲車にはさまれてやって来るのが見える。この国事がテロリスト集団を刺激する場合に備えているのである。車は道路に吸い込まれていったが、すぐに野原の入口に設置されたカメラがふたたび〝捕らえた〟。バンは速度を落とし、柵の前に停車した。ミーシャは若干《じゃっかん》の説明を加えた。

「ジョンソン事件と現在呼ばれているものが引き起こした論争のなかでも、きわめて微妙とされるのは、ひとりの人間の人生最期のときを公に報道する権利に関するものです。断わっておきますが、当の死刑囚は、彼を担当するマレン・パタキ弁護士を通じてこれを承諾しています……。ただし、刑務行政はこのメディア報道に反対できたはずです。そして彼らの側に立つ禁煙団体は、司法機関の決定が煙草を売り込む広告の口実となることを遺憾に思っています――とはいえ、やはり広告はご法度《はっと》ですが……」

武装した男たちが軽装甲車から飛び降り、いまだドアの閉じられたバンの周りに陣取った。

「……実のところ、法的な論拠はゼネラル・タバコ社に有利に働いたようです――それに、法律上、刑務行政は外部機関に委託しないかぎり喫煙を執行できないと断言する弁護士もいます。煙草会社は、自分たちの提供するものと引き換えに、この大事件のメディア放映権の獲得を望みました。けれども、放映の際には何もしないと約束せざるをえませんでした。テレビ放映が、この社の煙草ブランドの広告もどきになるおそれがあるからです。ゼネラル・タバコ社の社長は各人の意見を尊重しながら、〝沈思黙考の時〟について好んで語り、視聴者にその時間を持つことを勧めています。あ、ジャック、ここで、いま看守がバンのドアを開けようと前に出ます。これから生放送で、型破りな死刑囚デジレ・ジョンソンを目にすることになります……」

ミーシャは最後の言葉を口にするとき、ショーが始まるとでもいうように声を張り上げた。囚人服を身につけたジョンソンがバンから降りた——継ぎ目のないオレンジ色のキャンバス地風の服だった。視聴者は皆、彼の広い肩とドレッドヘアと大きな緑色の瞳に釘づけになった……。自信あふれる顔には満足げな表情が現われており、その顔はカメラを探す様子を見せてからレンズに向かって動きを止めた。もはやジョンソンは、呆然としている死刑囚には見えない。それから彼は視聴者に向けてポーズをとり、鎖で重くつながれた左右の手を上げて勝利のジェスチャーをした。〝自分の望んでいたこと〟を手に入れた満足感は、一時間もしないうちに執行される死刑への不安に勝っているかのようだ。

「私どもは、死刑囚に最後の思いを聞き、今回の段取りおよびこの草地を選んだことについての感想を得るためにインタビューしたいと思っていたのですが……司法当局はあいにく、無理もない理由ではありますが、デジレ・ジョンソンに近づくことは許可しませんでした。というのは、この男は聖人君子ではないからです。彼は、三人の子どもの父親である警官を殺した罪で有罪となりました。被害者は当時四十三歳。いま、ジョンソンがその罪を償うときがやって来ました……」

ふたりの看守が死刑囚を喫煙所の入口へと導いた。そして三人目の男が、手錠を外そうと歩み出る。ジョンソンは解き放たれると、しばし腕を振った。それから妙な笑いを浮かべた顔を上げ、ひとりで囲いの中へ向かう。アナウンサーは不思議な気持ちになった。

「この奇妙な殺人犯は罪状を否認し続けましたが、裁判中、気持ちを抑えられずにこう繰り返しました。〝正直、もし誰かを殺すなら、ああいうヤツを選んだろうさ！〟と。裁判所が死刑判決を維持したのはもっともなことです。念のため申し上げると、死刑は、いくつかの国と、治安部隊の行なう殺人行為といった場合は例外として、国家連合全体で正式に廃止されています……。ですから同情する気はありませんが、デジレ・ジョンソンが煙草の待つガーデンテーブルへと向かうのを見ると、何ともいえない気持ちです。かなり風変わりな光景だと思わないか、ジャック？」

「――たしかに。目の前にいるこの奇妙な扇動者が最後の十五分間を生きていると思うとね！

そして何より、彼が喫煙者ならではの自分の命を縮めることになる思慮のない態度で最期のときを生きていると思うと！」

「――同感だよ、ジャック、それがこの問題における大変なパラドックスでね。死に向かう男が最後の一本を吸いたがることに理解を示してもいいが、本件によって関心がかきたてられて喫煙をふたたび支持することになってはならないんだ！」

「――私個人としては、七年前に煙草をやめたことに心から満足しています。ただ、いま我々は、裁判所の認めた煙草に心を捕らえられています。この男は最後の望みを果たすことを正式に許されており、自分の要求したものを手にしようとしているのです」

このやりとりのあいだに囚人は草の上を数歩進み、その顔はだんだん晴れやかになっていった。彼は何度も動きを止め、草地の周囲に設置された数台のカメラが様々な角度からそれを捕らえる。そして彼は膝《ひざ》を曲げると、地面に身をかがめた。手を差しのべて人差し指でヒナギクの花びらをなで、そっと摘《つ》む。次いでもう一方の手を差し出してスミレを摘むと、花束を作り始めた。アナウンサーたちは数秒間言葉が出ず、短い驚きの声がその沈黙を破った。

「どういうことだ！　何をしてるんだ？」

「――何かを探しているようだが……」

「――いや、たぶん花を摘んでるんだ！」

ミーシャの顔が画面にふたたび現われる。彼はマイクを握りしめ、ジョンソンが地面にしゃがみこんで休みなくせっせと手を進める草地の前に立っていた。ミーシャは気が動転して、厳しく中立を守っていたコメントを放棄した。

「皆さんもこの現実離れした光景をご覧になっていますでしょうか。警官を殺して刑を宣告され、自らの死の入口に立っている男が立ち止まって野の花を摘むなんて、普通では考えられません。この行動の意味を知りたいところです」

「――いずれにしても、ミーシャ、ジョンソンを残忍な人間と決めつけていた人たちは、あてが外れただろうね……」

「――彼はいま立ち上がり、テーブルに近づいた模様です。ご覧ください、手には花束を持っています……」

「――離れんとする大地への別れの合図なのでしょうか？　さあ、そろそろ煙草に火を点《つ》けるものと思われます」

「――何というおかしな組み合わせでしょうか！　有毒のタールを含む煙草と、清らかさの象徴である野の花……。ジョンソンは何をしているのかと怪訝《けげん》に思っている視聴者は、ひとりやふたりではないでしょう」

死刑囚はテーブルのそばに突っ立ったままである。座らないどころか、煙草の箱を脇へ押しやり、ヒナギクとタンポポとスミレを白いプラスチックのテーブル上に乱雑に放った。ビニール加工の施《ほどこ》されたオレンジ色の囚人服を着た彼が、また動き回るのが見える。と突然、画像がぼやけて見えなくなった。すると、煙草の煙を防ぐマスクをつけたひとりの看守の顔を映す別のカメラに切り替わり、画面の外からミーシャが言った。

「信じられない、ジャック、信じられないことが起きてるぞ……」

「――状況を説明してくれ、ミーシャ！　何が起きているのか画面では見えなくなってるんだ。

ディレクターは少なからず途方に暮れてるんじゃないかな」

「――実際そうだ、何しろ死刑囚デジレ・ジョンソンがメッセージを伝えようとしているみたいだからな」

「――メッセージだって？」

テーブルにかがみこむジョンソンの画像が戻ってきた。視聴者には後ろ姿しか見えないが、ミーシャがコントロール・モニターのおかげで、囚人の動作をそっくり描写している。

「野の花を使って文字を書いているみたいだ。何かを伝えようとするかのように……」

「――それは大スクープになりそうだな、ミーシャ。知ってのとおり、この最後の望みを果たすにあたって、自分の考えを表明する権利はジョンソンにはないんだから！　もし彼が文字を書いているのなら、番組の先行きに混乱を与えかねないぞ」

「――まったくだ、これは一か八かの賭けだな。だから、ディレクターはしばらくためらったよ。けれども、司法機関はいまのところ何も言ってきていないみたいなんだ。ジョンソンは自分の無実を叫ぶのにこの機会を利用するつもりなんじゃないだろうか……。ジョンソンがもう一本ヒナギクを手に取りました。文字が読みとれるようになってきました。判読してみます……そうですね、ええと、これは……何てことだ！」

ジョンソンの大きな体がようやく起き上がる。その屈託のない顔がカメラに向いた。それから脇へどくと、白いテーブル上に植物の文字でつづられた短い文章を見えるようにした。茎と花びらとおしべで形作られているそれは、無数の視聴者に宛てた言葉だった。

人生バンザイ

沈黙があったのちに、ミーシャの声が戻って来た。

「いま皆さんもこの言葉をご覧になっていますでしょうか？　型破りな男ジョンソン！　またも意表をつき、〝無実です云々《うんぬん》〟とは言いませんでした。そうではなく、言葉の意味はもっと一般的なものです」

「――本当だ。花で書かれた、人生への讃辞だよ。こんな名文句が殺人犯の頭の中から出てくるなんて、にわかに信じがたいよ」

「――無実を信じたい気持ちにさせるな。もし裁判中に、あの警官をこだわりなく殺せるだろうと繰り返し言ってさえいなければ！」

「――いや、思い出してくれ、彼はこうも言っていた。〝老人と女と、それから子どもには、何があっても迷惑をかけることはできない……〟と」

「――脆《もろ》きものへの愛を、彼は今また表現したのか。僕が何を思ったかわかるかい、ジャック？」

「――いや」

「――ひょっとすると、煙草をめぐるあの騒動は、ここに至るまでの手段でしかなかったのかもしれない、死ぬ前にこのメッセージを伝えることを目指した、とてつもない戦略だったのかもしれないと思ったんだ……」

この意見を裏付けるかのように、ジョンソンはようやくガーデンチェアに座った。テーブルに身を乗り出して煙草の箱をつかみ、それから死刑前の煙草を取り出し、口へ運んで火を点ける。その座り方のおかげで、人々は、彼が煙草を吸うのを見ると同時に、そばにあるこの言葉も読むことができた。〈人生バンザイ〉。

「しかし、この予測不能な男はいったいなぜ、最後の瞬間に至るまであいまいさを漂わせたままなのでしょう？　なぜ命乞いをするのではなく、各人の良心に訴えているのでしょうか？」

デジレ・ジョンソンはいま、煙草の一口一口をゆっくりと味わい、国中の人々と心を通い合わせているかに見える。無数の視聴者各人が、自分なりにメッセージを読み解いていた。ゼネラル・タバコ社の首脳陣はブッシュ大統領通りにある会議室に集まっており、デジレ・ジョンソンのような役者の協力を得られれば、危機に瀕した会社が輝ける未来を取り戻せるかもしれないと考える。弁護士マレン・パタキは、特赦を得ようという企てに失敗したが、こんな依頼人と一緒ならあらゆる望みが叶うということを悟る。共和国大統領までもが、テレビを前に打ちのめされている。彼は人生の意味と、このような男の死刑がもたらす世間の怒りについて熟考する。ともあれ、人々がおそらくそうしたことを想像しているであろう間に、ジョンソンは致死薬の注射を受けるため、囚人護送車に戻って刑務所へ向かっていた。そして車両が実際に刑務所の塀の中へ入ったとき、ミーシャの異常に興奮した姿がふたたび画面に現われて、マイクを手に、少し息を弾ませながら発表した。

「きょうはまったくスクープの続く日です。いま、大統領が刑執行まぎわの土壇場《どたんば》で電話をかけ、死刑囚デジレ・ジョンソンに異例の特赦を認めたとの情報が入りました」

7

アジサイ小路に着いても、警視の言葉がまだ耳に残っていた。「あなたは有罪だと思います、そして、私は個人的にあなたを放免する気がない……」歩道沿いにある花盛りの庭々は春のいい香りを漂わせていたが、警視の恐ろしい脅しは、この美しさを儚《はかな》いものに思わせ、涙に暮れてしまいたい気持ちにさせた。サルコが家から飛び出し、撫でてもらおうとして寄って来たので、僕は絶望しつつも腿で抱きとめた。告訴されたことに打ちひしがれながら、ついさっき生じた事態をラティファにどう話したものかと考えていた。けれども、僕の青ざめた顔とおどおどした口調から、彼女は即座に察したのだった。そして、ぜひとも面談の様子と警官の下した結論を正確に話してほしいと、機転をきかせてねばりづよく頼んだ。それに続く沈黙のなか、ラティファは僕のよく知るその自信と、かならず解決法はあると信じている文明人らしく、エネルギーをみなぎらせて僕を見、こう言い切った。

「闘いましょう！」

ラティファは背が高く、みずみずしく、にこやかだった。そして今回、僕はその闘争心に元気づけられた。花開いたように美しい彼女の、まさにその人となりが、僕の無実の十分な証明となるのでは？　こんな女神のごとき女性の恋人が、倒錯した人格を隠し持っているなんてありえない。彼女の人格は確実に僕の有利に働く。胸を締めつける不安と闘いながらも、彼女を見習おうと心に決めた――まずすべきは弁護士を見つけることだ。

ラティファは、おそらくそれが僕のためになると考えたのだろう。夕食のときに、デジレ・ジョンソンを死から救って有名になったマレン・パタキの名を挙げた。まるでちぐはぐなこのふたつの事件を関連づけるなんて不安に思えなくもなかったが、ラティファは大きな事を目指していた。彼女はどんな代価を支払うことになろうとも、ありうる最善の策を望んでいたのだった。だからラティファの注意はごく自然に、メディアにひっぱりだこで、黒人の犯罪者を致死薬の注射から逃れさせたばかりのマレン・パタキに向いた。詳細までは聞き及んでいなかったので、マレン・パタキ弁護士がジョンソンの救出に何の関係もなく、むしろ下手くそな口頭弁論で有罪判決に突き落としたということを知らなかった。最後の一服という発想はジョンソンひとりのものだった。ジョンソンは、テレビで流れた型破りなパフォーマンスにより、ひとりで難を逃れたのだ。僕はこうした一部始終をずいぶんあとになってから知ることになる。なぜならこのとき、ラティファは事件について別の見方をしていたからだ。ラティファの見方はこうだった。マレン・パタキは〝死刑前の最後の一服〟によってこの男を救い、煙草の権利を擁護する者たちの〝ラ・パシオナリア〟（スペイン共産党の女性指導者ドロレス・イバルリの通称）となった。犯罪者を特赦に導く力が彼女にあるのなら、子どもに対する犯罪の疑いを誤ってかけられた単なる喫煙者の罪を晴らすのはたやすいことでしょう。それに彼女は強大なゼネラル・タバコ社から援助を受けてるし、そのゼネラル・タバコ社は喫煙者たちに誇りを取り戻すよう働きかける絶好の機会を僕の件に見出すはず。

　最初の難関は、この栄光に満ちた女性と連絡をとることだった。マレン・パタキは、人生と子どもと花の友である〝デジレ〟（いまや皆からこう呼ばれている）の公式マネージャーへと姿を変えていた。ラティファはあらゆる手を尽くして彼女と連絡をとり、その名声に群がるわずらわしい奴らと僕らは違うと説得し、僕の件は興味深いうえ支払うべき物も持っていると示した。ただ、僕らは知らなかった。ジョンソンの件が急に大規模になったのに際し、ゼネラル・タバコ社が、この国選弁護人をお払い箱にしたうえで裁判所に再審を認めてもらうために、有力な弁護士事務所に依頼をしたところだったのを。マレン・パタキの最後の希望は、ジョンソンの予測不能な気まぐれにかかっていた。彼が、マレン・パタキの価値を世間に認めさせるカギを握っているのだ。マレン・パタキはさしあたり、束の間の栄光を利用して、自分に寄せられたあらゆる請願にいそいそと好意的な返事をしていた。ラティファの訴えは、依頼人の幅を広げるのに役立つ、ごくありきたりの機会にすぎなかった。

デジレは毎朝、各紙の一面を飾っていた。大統領の特赦に続いたのは、国内の名だたる要人たちの署名が入った請願書で、再捜査を求める内容だった。〈人生と子どもと花の友が殺人者であるとはとても信じがたい。彼の罪状は、貧困と黒い肌だけなのではないか？〉。

名の知れ渡っている男と同じ弁護士がついているという考えは、数日のあいだ僕を元気づけた。そのうえ、ごく小さな事務所で行なわれた顔合わせの際に、マレン・パタキ弁護士は僕の今後について揺るぎない自信を見せたのだった。証拠不十分につき、深刻な事態にはなりえないと。ただ、僕のしつこい質問を母親ぶった微笑みでさえぎるやり方は気にくわなかった。

「落ち着きなさいな、焦っても何にもならないわよ！」

彼女はラティファのほうを向き、女同士にしかわからないとでもいうような口調で付け加えた。

「何だかうちの十二歳の息子を見ているような気分だわ。いつも我慢がきかなくて、いつも返事を急《せ》かすのよ！」

女ふたりの交わした笑いが頭によみがえり、不愉快な雑音のように響いた。

弁護体制を整えるため、行政センターにはすでに特別休暇を願い出てあった。毎朝、予審判事からの呼び出し通知を見つけるのを恐れながら、郵便物を取りに行くため庭の通路を歩いた。そしてそれは、一週間後に届いたのだった。その日の新聞には、例の花束を手にするデジレの新しい写真が載っていた。ひどいめまいに襲われながら、この男は煙草のおかげで死を免《まぬか》れたばかりなのに、僕は……と考えていた。そして、彼と僕の状況のシンメトリーは今後どこへ行き着くんだろうと身震いした。

ラティファは正式な妻ではないため、審問に付き添う権利はなかった。なので、彼女とは裁判所の広いロビーで別れた。ラティファは僕を抱きしめたあとで、いま一度僕を励まそうとした。

「冷静にね。何があったかを話せばすべてうまくいくわ。でも何より、自分の弁護士を信頼して」

最後の点に関しては、彼女が間違っていた。現われない弁護士を信頼するのは難しいからだ。

さて、マレン・パタキ弁護士は、僕が予審判事のオフィスに入るときにも、まだ到着していなかった。予審判事はボーイッシュな髪型をした太った女で、大声で僕を迎え入れた。

「お座りなさい、少女愛好家さん！」

警視のところでもそうだったが、僕の運命はもう決められているようだった。いくら否認してもどうにもならないだろう、不安がふたたび胸に広がった。この鬼婆の視線を避けようと、机の上方、彼女の後ろに掛かる大きな油絵に顔を向けた。古くさい様式の絵には、綿雲の中ではしゃぎ回る、半分天使で半分赤ん坊の裸の子どもたちの集団が描かれていた。画家は限りなく細部にこだわって、むちむちした体つきや、尻や胸の色を再現していた。僕が口を開く前に、判事は言葉を投げつけてきた――まるで僕が罠にかかったといわんばかりに。

「私の娘たちはかわいいでしょ、ねえ？　でも心してちょうだい、手を出さないように！」

そこへマレン・パタキ弁護士が飛び込んできたが、良い印象を与えなかった。最近の評判ですっかり天狗になっている髪を振り乱した小柄な女が、ジョンソンの依頼で彼の書類を預かっているのだと意気揚々と説明しながらファイルを抱えてオフィスに入って来たのだ。遅れたことをろくに詫びもせず、そのせいで判事から意地の悪い注意を受けた。それでも僕の弁護士は気後れなどせずに、三点にまとめた論証を並べ立てた。
1．役所における喫煙区域の廃止は何とも嘆かわしい。この新事件がそれを痛感させる。トイレでの一瞬の狂気は、確実に欲求不満と関連がある。そこで、大手煙草会社が行政機関に喫煙所を復活させる可能性を探っている。

ゼネラル・タバコ社を引っ張り出すのは時期尚早に思われた。ただそれよりも、なぜ〝一瞬の狂気〟という言葉が？　論証にあたり、要点はまだふたつあった。

2．子どもの言葉を疑問視するのは論外である。ただし、犯罪記録によると彼に前歴は皆無《かいむ》なので、事実を正確に突きとめるには被害者と直接顔を合わせることが不可欠と思われる。

3．彼が子ども時代に被《こうむ》ったと思われる近親相姦や猥褻《わいせつ》行為といった事情を考慮しないと、こうした内容の事件は裁けない。そのため、精神鑑定を強く要求する。

僕は言葉を失っていた。それから、マレン・パタキ弁護士のほうを向いて舌をもつれさせながら言った。

「待ってください、事実とまったく違います！　トイレでは何もありませんでした！」

けれども、弁護士のどうしようもないといったまなざしを見て、思っていたよりも難しい状況にあるのだと気づいた。僕を弁護する任を負う人物にとってさえ、あの女の子の話には疑問をさしはさめないようだった。そのため、マレン・パタキ弁護士は罪状を大方認めつつ、巧妙に前進することにしたのだった。彼女は、大船に乗ったつもりでいろといわんばかりに言い足した。

「私を信じなさい！」

予審判事は相変わらず人を食らわんばかりの笑みをたたえていた。

「いみじくもあなたの弁護士さんがおっしゃいましたが、子どもの言葉を疑うなんて論外です。しかしながらご要望にお応えして、重大な告発を裏付けるために被害者を呼び出し、いま隣の部屋で待たせています」

判事は言葉を切って黙り、厳しい目つきで僕を見た。

「アマンディーヌを部屋に来させます、ただし、はっきりさせておきますが、私が求める場合を除き、あなたにはあの子に言葉をかける権利はありません。トラウマを受けた以上、あの子はあなたの存在すらも耐えがたく思うでしょうからね」

こんな前置きをされては、言葉がなかった。僕の意見は誰の興味もひかず、僕の言葉には重要性のかけらもない。予審判事の上方に掛かる絵に描かれたむちむちした赤ん坊へと何の気なしに目をやると、彼女はあざ笑って先の言葉を繰り返した。

「手を出さないで!」

女の子がオフィスに入って来た。その子と認める間もなく、母親——黒色のフェイクレザーのスカートに紫色のブルゾンをはおった、歳をくったロリータ——が、嫌悪に満ちた口調で言い放った。

「このゲス野郎! おまえみたいなヤツらは、子どもたちに対してやったことの咎《とが》で拷問にかけられればいいんだ!」

判事は、彼女が無茶苦茶なことや、さらなる脅し文句を言うのを放任していた。彼女の言葉がひとしきりすむと、僕は言っておいたほうがいいと考えた。

「マダム、僕はけっしてあなたの娘さんに手を触れていません」

「黙っているように言ったわよね」予審判事がすげなくさえぎった。「教えてちょうだいお嬢ちゃん。アマンディーヌで名前は合ってるかしら?」

女の子は僕を見ずにうなずいた。顔を下に向けていて、尋問は最初から最後までこんなふうに、女の子が僕へと目を上げることなしに行なわれた。

「この男の人に見覚えがあるわね、アマンディーヌ?」

女の子は答えなかった。僕は、机の向こうに座る鬼婆《おにばば》を見た。細かな静脈がたくさん顔に浮いている。そこに垂れ下がる両頰は、さっと優しいしかめ面に形を整えた。

「かわいいアマンディーヌ、何があったかを思い出すのは辛いわよね。それなら私が話してみるから、合ってるかどうかを教えてちょうだい、いいかしら？」

「うん、いいよ」

「この男の人は、ズボンを下ろしてた？」

「はい、マダム！」

「ドアを開けっ放しにしてた？」

「はい、マダム！」

「あなたを恐がらせた？」

「はい、あたしのこと、どなったの。ドライバーもってた！」

「触られた？」

小さな女の子は相変わらず下を向いたままだった。そして一瞬ためらってから眼鏡をかけた目で母親を仰ぐと、母親は女の子の肩に手を置き、その小さな頭を抱いた。

「さあ、いい子ね、言えるわね」

「はい、マダム、さわられました」

「すごく辛いでしょうけど、アマンディーヌ、どこを触られたか教えてくれる？」

アマンディーヌがまた母親に問いかける。母親は見るからに苛立っており、急にさっきより威圧的になった。

「さあ、言って！」

「はい、マダム、あしのあいだです」

この言葉を聞いてロリータが自分の子をより強く抱きしめる一方、僕は爆発して弁護士として雇った女に訴えた。

「こんなこと言わせとくわけにはいかない……」

「黙っているように言ったでしょ」判事がさえぎった。「子どもを尊重するってことが、あなたには難しいのはわかるけど、いますぐ口を閉じて！　お礼を申し上げますマダム、それからあなたにもね、かわいいアマンディーヌ。ここにいる男の人は二度とあなたを苦しめないと私が約束するわ」

ほかには、ほとんど何も行なわれなかった。アマンディーヌと母親が出て行くと、予審判事は弁護士に対して、この悲痛な証言をかんがみるに僕を仮拘禁して家宅捜索を行なう必要がありそうだときっぱり言った。それから、行政センターの三階の廊下によく行く子どもたちを対象にした調査が進行中だと付け足した。アマンディーヌの母親は証言のなかで、ほかの子たちも僕の痴漢行為の被害者だった可能性があるとほのめかしたのである。娘の見る悪夢が、それを危惧させるがままに。マレン・パタキは返す言葉が見つからなかった。警備員たちが、僕に手錠をはめて留置場へと連行しようと入って来た。自分の人生がバカげた災難のなかへと容赦なく崩れ落ちるのに気づいて僕が抵抗を始めたにもかかわらず、弁護士はただこう繰り返しただけだった。

「私を信じなさい。とりあえずは、痴漢行為と暴力抜きの猥褻罪を主張します。薬物治療に応じなければならないかもしれませんが、闘いましょう、そして切り抜けましょう」

「ラティファに伝えてください、君が必要だと！」

僕はこの言葉を叫ぶように言った。手首に冷たい金属の輪をはめられ、僕はすでに囚われの身へと一歩を踏み出していた。やがてサン＝ローラン刑務所に仮拘禁されると、数日後に、囚人たちのあいだで使われている、マレン・パタキ弁護士の〝急死〟という素敵なあだ名を知ったのだった。

ただただ生存本能のみが、自分を見失わないよう僕を押し止めた。客観的に見た僕の状況はひどいものだった。上級管理職という立場、裕福な西洋のインテリ、動揺とは無縁の大人の男といったものが、瞬時に、司法機関により投獄された被告人という身分に変わる。基本的権利を奪われ、スケジュールと規則にしばられ、太陽の光から引き離され、同獄の囚人たちからはかわいがってやると脅される。そして弁護士へ支払う金も被害者に償う金もない自分の姿が見える……。同じ立場になれば、正気を失う者や、むざむざ死を待つ者もいるだろう。予審調書に最もひどい悪事〝子どもに対する犯罪〟が記されている。それだけの理由で、お尋ね者の部類に入る人間たちのなかにおいてさえ、こうして最も卑《いや》しむべき身分に分類されてしまった場合はとくに辛い。この場合、どんな形の同情も仲間意識も、その人間のために発揮されることはないだろう。

　これまで様々な話を耳にしながら、僕は警官よりも犯罪者、判事よりも囚人の肩を持っているものと長いあいだ思っていた。ごく自然な共感により、この過酷な社会に生きるアウトローたちへ気持ちが向いていた……。でも僕はここで、囚人というものは概して人情味があると同時に卑劣でもあると理解する羽目になる。加えて、彼らがこの施設内で、外の世界と変わらない情け容赦ないヒエラルキーを作り出していることも理解せざるを得なくなる。また、彼らの低いモラルが、そのモラルをさらに簡略化して粗野なバージョンに変えた、ここでしか通用しないモラルを再生産しているということも。彼らは、時代の幻想に押し付けられたメディア受けする恥ずべき行為が身に付いていた。そして、自らの犯罪の汚名をそそごうとするかのように、社会から最も下劣であると判断された人間に対しては、仮借の無さを倍増させて恨みをぶつけるのだ。

この未決囚の待合室に入ったとたん、我が身を嘆く暇はほぼなくなり、持てる力のすべてを別の緊急事態に奪われることになった。入所しているわけを漏らさないようにして、囚人たちによる、ならず者の徳行から逃れていたのである――外の世界で〝履歴書〟を提示するごとく自分の犯罪を公表する場所ではラクなことじゃない……。ただし、僕がためらうのを見越して、看守たちが公表する役をすでに買って出ていた。少なくとも僕はそう思っている。なぜかというと、刑務所の庭を初めて散歩するやいなや、自分が植え込みのあたりで孤立しているのに気づいた横で、六人ほどの囚人が僕に物思わしげな視線を向けてひそひそ話をしていたからだ。笛が鳴ると彼らは散ったものの、すぐにひとりまたひとりと僕の側を通っては、指を喉に当てて刃のように切る小さな仕草を見せながら、挨拶を耳にささやくのだった。

「殺してやるぜ、汚《けが》らわしいレイプ野郎め！」

僕だってそういう類の人間にさして共感してない、と答えればよかった。僕は無実だし、裁判までは無罪とみなされているのだと、臆せず指摘すればよかった。けれども刑務所では、無罪の推定は、塀の外にあるときよりもさらに意味をなさない。そのため、執拗な脅しは散歩が終わるまで続き、彼らのたくらみは具体的になっていった。

「眠らないほうがいいぞ、目を覚ましたけりゃな！」

あとになって知ることになるのだが、この優しい言葉を耳打ちした男は、妻の愛人の頭を地面に打ちつけて殺したのだった。彼は可能性の低い抗弁をする代わりに、司法機関に貢献できる新たな信念へとエネルギーを注いでいた。そう、子どもたちの敵に制裁を加えていたのだ。彼の脅し文句を理解した次の瞬間、僕は腰に鋭いパンチをもらい、同時に別の声がささやいた。

「子どもを襲う強姦魔に情けは無用だ！」

この男は、駐車場で自分の車に何の気なしにもたれていた男を野球バットで殴り倒したのだった。被害者は車椅子の上でその生涯を終えたが、この犯罪者は僕のおかげで、より高尚な目標を得たのだ。彼はこの刑務所から社会のクズを取り除ければ満足なのだ。そして、小さな女の子をトイレに誘い込んだ中産階級の四十代として認識されている僕は、その胸くそ悪いクズのイメージを体現していた。散歩が終わる頃には、僕は周囲を神経質に見回しながらおそるおそる歩いていた。逃げ場のない校庭で、わずかなチャンスもくれない残酷な子どもたちに囲まれていた。看守たちは眉ひとつ動かさなかった。疲れていて、ささいな厄介事には介入などしていられないのか？　それとも僕以外の囚人たちと秘密裏に結託していて、彼らの価値観や、僕がその最下層に追いやられたヒエラルキーを共有しているのだろうか？

房に戻ると、僕は目を潤《うる》ませて壁に寄り掛かった。これは仮拘禁で悪夢はすぐ終わると繰り返し口にしてみたが無駄で、何のチャンスも与えられないだろうということを理解し始めていた。予審と無実の証明が済むまでには、数週間、いや数カ月かかるだろう。唯一の希望は、僕を外に出そうと尽力するラティファの決意にあった。けれども僕には彼女に毎日面会する権利はなく、この俗悪な環境にほとんど一人で耐えなければならなかった……。もちろん、いまよりさらに悪い状況に陥って、僕を苦しめる野卑な男と同房に閉じ込められていた可能性もあった。ただ、拘置所の責任者たちはきっと、自分たちの人生を面倒にするおそれのある危険な状況を避けたかったのだろう。彼らは、僕を子ども相手の犯罪者と同房にした。本人曰く、悪事はもう洗いざらい自白したとのことだった。

僕が壁際でめそめそするあいだ、パオロはベッドに座り、ニュース雑誌に目を通していた。そこにあるコラムは、彼の行なった、社会に貢献する仕事への賛辞で半分が占められていた。パオロは、僕と同じく四十歳ぐらいで、頭はすでにはげており、眼鏡の奥の目はうつろだった。分厚いレンズの片方は、ある囚人に割られていた。おずおずと話し、ほとんどの時間ひとりでいた（一番最近、休憩時間に外へ出たときには、歯を折られて帰って来た）。パオロは早くも十五歳のときから、小さい男の子にどうしようもなくひかれる気持ちがあり、しかもその子たちに性器を見せつけるのが好きなのだった。もしかすると、その昔の村の中でなら、このくだらない倒錯はもっと大目に見てもらえたかもしれない……。ともあれ最初に投獄されて以来、再犯防止の目的で、パオロは薬物治療と監視つきの釈放、精神科での拘禁という終わりなきサイクルに入り込んだ。ただそれでも、事件を繰り返すのを止めることはできなかった。

二ヵ月前、彼は七歳半のベトナム人の男の子の前で服を脱ぎ、誰にも言わないと約束させてから解放した。パオロは僕にこの出来事を詳しく話してくれたが、生殖器に子どもの視線を浴びて得る興奮については理解しがたかった。そして、彼の人生を文字通り打ち砕く未熟な人間にどうしようもなくひかれるなんて、哀れだと思った。ただ、同情しつつも、僕の罪が公認の事実であるかのように、自分が彼と同列に並べられていることは許せなかった。そもそもこう関連づけられているせいで、ほかの囚人たちにつけいる隙を与えていた。彼らは僕らふたりをコンビと見なして、ときどき廊下で人を小馬鹿にするオカマロ調で叫んでくる（「で、あなたたちお互いうまくヤレてるの、メス豚ちゃん？」）。そうじゃないときは人々の正義に呼びかけるのだった（「気をつけろ、子どもを襲うレイプ野郎どもが一四五に収監されてっぞ」）。

二日目の朝、シャワーに行くことにした。パオロは殴られるのを恐れて行こうとしなかった。

彼は部屋の洗面台で沐浴《もくよく》してはいたが、悪臭を放っていた。僕は衛生観念を失っていなかったし、身の安全を保証する任にある看守たちの機能もある程度信頼していた。なので、自分を待ち受けるものをしっかり思い描きもせずに出かけた。僕は裸になるときに少しどぎまぎし、それから湯気の雲の中へおずおずと進んだ。シャワー室では、すでに情報が回っていたようだった。すぐに冷酷な視線に気づき、続いてある集団に近づくと、僕を表わすさまざまな言葉が唾《つば》のように降りかかってきた。「あいつがレイプ野郎だ。まったく、ヘドが出るぜ」

この侮辱の文句によって彼らとのあいだに恥というバリアが張られた。そしてまもなく僕はシャワー室の端にあるシャワーの下でお湯を浴びながら孤立していて、ほかの囚人たちは離れた場所で体を洗っていた。看守はときおり頭をめぐらせている。すると突然、タイルにはねる水音の中に、延々と繰り出される罵倒の文句が聞こえてきた。先ほどより穏やかだが、明らかに僕に向けられたものだった。

「いいケツしてんな、新入りは」

「子どものケツそっくりだ」

「そりゃそうさ、ヤツの趣味は知ってんだろ！」

鼓動が激しくなった。平然とした態度を保って石けんで体を洗おうとしたが、いまやそのふたりが僕を見ている。彼らの口調には、何か容赦ない興奮したものがあった。

「ちょっと体の向きを変えろよ、レイプ野郎、かわいいケツの穴が俺に見えるように!」

「そう、そのへんだよ、カワイコちゃん、俺だっておまえのケツを楽しみたいんだ……」

僕はおびえきって身動きひとつできなかった。出口に戻るには彼らの前を通らなければならない、そのうえいまや看守はいなくなっていた。その四人ふたりは片手を自分たちの足のあいだに置き、警報を作動させないよう、小声で脅しをかけてきた。

「おまえが女の子たちにやったことをやってもらいたいか?」

あわやという瞬間、力強い声が聞こえ、雷鳴のごとき強さでほかの声を覆いつくした。

「そいつを放っといてやれ! 次に手え出したヤツは、俺が相手になるぞ!」

こんなふうに言う勇気があるのは誰だ? どんな神様が助けに駆けつけてくれたんだ? 看守は戻って来ていない。だがシャワー室の奥からひとつの人影が僕のほうへ動き出すと、ほかの連中は彼のために場所を空けようとあとずさりした……。いや、人影というより人獣だった。百五十キロの肉と脂肪、体毛と石けんの泡に覆われた体、男はゆっくりと熱い水蒸気の中を進んで来た。すると数名が、まるで理解できないといった様子で振り向いた。

「でもな、リュリュ! 子ども相手の犯罪だぞ!」

「おめえらに子どもも相手の犯罪の何がわかるってんだ？　こいつの髪の毛一本触ってみろ、俺が面倒みてやる！」

人生を生きるなかで、最も絶望的な孤独に見舞われたとき、仲間になろうという申し出がなされることがある。その姿勢は周囲の卑怯なふるまいを打ち砕き、これを前にしたケチな奴らは最後には逃げ出すことになる。このとき、僕を取り囲んでいた群れが崩れた。皆がうなだれて体を洗いに戻るのに逆行し、この山のように巨大な肉塊は進み出て来た。ブッダのような丸い顔、相撲取りのような腕、タイルを踏むガニ股気味の足。泡で光るもつれた毛が体全体に密林を作っていて、ごく小さな性器がこの林の真ん中から顔をのぞかせていた。正義の味方にそなわる落ち着きを見せながら、彼は体重を片方の足へかけ、次にもう片方の足へ移した。囚人たちはもはや何かを言う勇気もなく、頭を垂れていた。彼が自分のすぐ近くに来たとき、感謝と信頼の入り交じった気持ちで、僕はこの思いがけない庇護者を見つめた。リュリュはそのとき初めて大きな幼い顔にわずかな笑いを浮かべると、巨大な腕を広げ、毛むくじゃらのずんぐりした手を伸ばして僕の腰に置き、皆に言い渡した。

「こいつは俺のダチだからな、ちょっかい出さないほうが身のためだぞ」

僕のような状況に立たされた人間にとっては、共同体の中で万人に認められている強い人物に頼ることが、心身の安全を保証することとなる。政治や行政の道を進む際にも、たいてい同じ法則を目にする。良いタイミングで良い庇護者と出会えることが必須条件なのである……。ただしこの場所においては、政治や行政の場合とは逆に、良い庇護者を見つけないと僕がとんでもなくひどい目にあう羽目になるのだ。リュリュのとりなしがなければ、歯を一部失って、服従の態度をとり、虐待された人間がよくそうあるように自分の殻に閉じこもっていたことだろう。リュリュがそういったことすべてから免れさせてくれたのである。シャワー室での出会い以来、彼は僕を尊敬に値する傷つきやすい人間と見るようになった。リュリュは愚鈍なうえに言葉足らずのしゃべり方だったが、優しく話しかけてくれたので、僕は彼の親友となった。休憩時間にはいつも、リュリュは皆から離れたところで僕がやって来るを待っている。階段に腰かけ、彼は自分の武勲を語る。ある黄色人種を殺す前（彼は黄色人種が嫌いなのである）にたずさわっていた仕事、ディスコの用心棒時代の話だ。彼はこうした話をまるでおとぎ話のごとく語る。そしてときどき、僕への友情を明かす言葉を口にする。

「いまは、あんたみたいな利口でまともな白人でも、ムショに放り込まれる。それが俺は我慢なんねえ……」

ときには話をさらに展開させて、自分の分析を潤色する。

「あんたに起きたことはぜんぶ、おかしな女どもの責任だ。ぜったいに、そんな女どもに力を持たせちゃなんなかったってのに」

　アマンディーヌの母親を思い浮かべると、リュリュの言い分にも一理あると思わざるをえない。ただしそれを除けば、僕は人種差別や女性差別をする人間の常軌を逸した話を聞くことには道徳観が抗い、反応も示せないのだった。けれども、どうしようもなかった。リュリュは強く、リュリュは皆をおびえさせる。いまやそばにリュリュがいなくても、誰もがあざ笑いを浮かべるにとどめている。その笑いの意味はわかってる。彼らから見れば、僕は〝リュリュの女房〟になったのだ。僕はこうした不安定な社会的、物質的、精神的状況のなかで、来る日も来る日も弁護士からの、そしてとりわけ、外で僕を救おうと奔走し続けるラティファからの知らせを待っていた。

8

PR担当役員である副社長自らが、玄関のひさしの下をリムジンのドアまで歩いて来た。副社長はこの会見に向けて心の準備をしていてもなお、客である元死刑囚のあまりの緊張感のなさ、無頓着さに驚いていた。元死刑囚は笑いながら手を差し出してきたのだ。そしてこの背の高い黒人男はゼネラル・タバコ社のビルを見上げると、首を振りながら言った。

「マジ、すげえな!」

デジレはオレンジ色の囚人服をグッチのジョギングウェアとナイキのエア・シューズに着替えていた。首に下げた金のチェーンが、かつてちんぴらだったことをしのばせるかもしれないが、それを除けば、ふるまいすべてに落ち着きと超然としたものを感じさせた。彼は無言で笑いながら首をゆっくりと振った。副社長は感嘆しつつ、この無邪気さの裏には、煙草の件で立証されたように、聡明で知略に富んだ一流の頭脳回路が隠されているのだと考えていた。メディアも同様に、元死刑囚の行動をそう分析していた。数週間のうちにこの国の著名人のひとりとなり、死刑に反対し、喫煙の権利および子どもと花に味方する指導者になった元死刑囚。要するに、彼は人生の第一人者であり、最後の望みを果たしたときに彼が体現したさまざまな大義の第一人者なのだ。再審までは容疑者であることに変わりないというのに、もはや誰もこの男を殺人者と思いたがらなかった。副社長はというと、再捜査と法的反撃を金銭的に支援することは会社にとって有用であるとの確信をますます深めていた。

そのため、別のドアからマレン・パタキ弁護士が降りてくるのを見て、厄介だなと思った。血の気のないくたびれた顔をした弁護士は、車をぐるっと回って来て、ボディガードのように自分の依頼人にぴったりと張り付いた。デジレ・ジョンソンが仮釈放されて以来、彼女はそのそばから片時も離れようとしなかった。この若い女にとっては、刑法上の反撃を準備することよりも、自分の収入のほとんどを叩き出す被告人を自分の支配下に置いておくことのほうが重要だった。ゼネラル・タバコ社の策略から逃れるには、彼と特権的な関係を保っておかなければならない。そして、彼女を通さずにデジレに話をしても無駄だということを、皆が了解していなくてはならなかった。その点に関しては、彼女はラスタファリアンの覇気のなさに助けられていた。彼は絶対に無理なことをせず、いくつかの象徴的なジェスチャーをやって見せるだけで満足していたのだ——たとえば、自分の行く手に集まるテレビカメラに向けて、勝利を意味するVサインをする、というようなことだ。デジレは、この女が四六時中つきまとってくる（彼女はもっぱら、デジレの泊まるフォーシーズンズのロビーで寝泊まりしている。彼の部屋代はゼネラル・タバコ社持ちだ）のを見て、とうとう、居て当然の存在として受け入れたのだった……ただし、マレン・パタキは、自分の役目が徐々に宣伝広報担当や個人秘書、家政婦、そして金の卵を産むニワトリを失わないために自ら受け入れたその他多くの職務へと変わっていくのに気づいていた。

エレベーターが十六階へと昇っていく途中、デジレはにんまり笑って副社長を見、先の言葉を繰り返した。

「マジ、すげえな！　あんたの会社！」

「それはどうも。現に……皆かなり居心地良く感じていることと思います。このビルは一九二七年に建てられたものです」

「どこに行けばハッパが手に入んのかな？」

副社長は驚いて、薄笑いを浮かべて口ごもった。

「申し訳ありませんが、私どもはまだそこまで手を広げていないかと……」

デジレは、揺るがない笑顔で彼をじっと見た。もし、いまや万人に知られている才能が裏に隠されていなければ、その顔は愚かなものと映っただろう。マレン・パタキは、心理学の分野に詳しい女性ならではの、場を楽しんでいる態度を見せた。

「お気になさらずに！　子どもなんですよ。まるで十二歳になったばかりのうちの息子みたいですの。挑発されているように思われるでしょうが、ふざけているだけなんです！」

三人は、マレン・パタキが最初のときに迎え入れられた会議室に入った。デジレは窓に近づくと、足下にある街をしばらく眺めた。それから三人は応接コーナーに腰を下ろし、新たな人生や来るべき裁判について話し始めた。そして、副社長は咳払いをしてから切り出した。

「私どもは、あなたの出所の顚末《てんまつ》を伝えるためのメディア戦略を周到に練り上げました。そこで、いくつかの主要な番組に出演していただく予定となっております。場合によっては、私どもの宣伝広報担当と会っていただくことになるでしょう……」

デジレが答える前に、マレン・パタキが段取りを教えた。

「詳細な予定は私にご連絡ください、私が一手に引き受けておりますので……」

副社長が物問いたげにデジレを見た。元死刑囚はおめでたい笑みを浮かべて是認《ぜにん》した。

「それでいいんだ、彼女がやってくれる」

デジレはポケットを探ると、煙草の箱を取り出した。その一本に火をつけようとしたときに副社長と目が合うと、彼から遠慮がちな説明を受けた。

「申し訳ありません、ここは禁煙でして」

この言葉を口にしているとき、彼は規則をなぞっていたにすぎなかった。そして、ふとバツが悪くなり、言葉を切った。彼は、失敗に終わった死刑執行の場面にきわめて似たことを繰り返してしまったのである！　この客を迎えているときに、そうした注意をするのはひどく悪趣味な感があった。だがデジレはまったく腹を立てずに、面食らった様子になった。

「ここで吸えないって、煙草メーカーの社内だぜ！」

「申し訳ありませんが、労働法で決められていまして。仕事を行なう建物内は禁煙なんです。私どもの社員も、この点に関してはほかの方たちと同様、油断のないようにしております。それに実のところ、個人的に……煙草には悩まされていまして（彼は咳をしながら言った）。ただ、専用の場所があります。あちら、ガラス戸の奥です、よろしければどうぞ」

デジレ・ジョンソンは穏やかな態度を変えず、けだるそうに肩をゆすりながら喫煙コーナーにたどりついた。副社長は彼がいないのを幸いに、弁護士に探りを入れた。

「いかがでしょう……今度の裁判を思うと、専門家チームを周りに置かれたほうが良いのではないでしょうか?」

マレン・パタキは、自分を計画的に追放する前触れであるこの質問を覚悟していた。しかしながら、自分が依頼人に及ぼす影響力のおかげで、交渉相手は慎重にふるまっている。断固とした態度を崩してはならない。

「本当に、ご配慮くださいましてありがとうございます。けれどもデジレは、私が万事掌握していることを強く望んでいます。ですので、引き続きこの闘いの先頭に立つつもりです、これまでかなり首尾よく導いてきましたのと変わらないやり方で。間違ったことを申しておりませんわよね? それから、今後も財政支援をしていただければと、そう願っておりますわ!」

副社長は当惑しているようだった。

「とはいえ、稼ぐ手段はいくらでもおありでしょう……」

「私は独立した女で、調査も好き、現場も好きなんです」

男は理解を示す仕草を見せた。それからもう一度額にしわを寄せて聞いた。

「デジレの件のような重要な案件を抱えながら、秘書もなしにほかの問題をさばくのは、容易ではないでしょう? そのせいで、あなたの依頼人たちは割を食うおそれがありますよね」

マレン・パタキは、自分がこの場をコントロールしていると示したかった。

「そのために、重要度の低いささいな案件しか引き受けておりませんわ……。ところで、お送りしたメールは届きましたかしら？　子どもに対する犯罪で告訴された哀れな男に関するものです。男はその行為の前に行政センターのトイレで煙草を吸っていまして」

「率直に申し上げて、それは我が社向きではありませんな。彼が何をしていようと、もしくはしていなかろうと、私どもは子どもに対する犯罪には手を出しません、不快極まりない犯罪ですから」

喫煙室から戻って来るデジレが、自信に満ちた声で同意した。まるで真理を知る人間のようだった。

「子どもたちには手を出さない、そのとおりだ！　人生にも手を出さない！」

PR担当役員である副社長は笑顔で振り向いた。最後の言葉が彼の気に入った。偉大なるデジレにまた会えた。テレビで見て敬服した男、人々を熱狂の渦に巻き込んだ男、英知の師であるデジレ。信者であるホワイトカラーは次の話題に移った。

「お教えください、あの……我が友よ、メディア計画と今度の裁判以外に、私どもの決起を望まれる闘いはありますか？」

デジレは、やくざっぽいやや粗野な自信を見せながら、椅子に倒れ込んだ。そして礼儀正しく頼んだ。

「ちょっと一杯もらえませんかね？　ウイスキーかなんかを」

「もちろんです、すぐ電話します……」

飲み物が注文されると、偉大なるラスタはしばらく精神を集中しているように見えた。それから、突如としておごそかな様相を呈した顔を副社長へ向けた。

「いま重要な闘いはひとつだけだろうな。ずばり言って俺のじゃない。〈殉教者《マルティール》アカデミー〉（フランスで放送されているスター・アカデミーというスター養成番組のもじり）の人質たちの闘いだ……」

「たしかに！」副社長とマレン・パタキが同意した。

副社長は、異論の余地はまるでないというようにうなずいた。それからまた聞いた。

「ただ……あの不幸な方々にしてあげられることが何かあるとお考えなのですか？」

「さあな、でもわかるんだ、闘わなきゃなんねえってさ。あとわかってるのは、五月五日をきっかけに、俺たちはぼうっとしてらんなくなったってことだな」

「彼の言うとおりです」弁護士はいそいそとデジレの言葉を繰り返した。「私たちは五月五日以降、これまで通りの考え方ではいられなくなっています」

五月五日水曜日の新聞を読むと、世界が眠りについていて世の動向は穏やかな、活気のない日に思えそうだった。読者の関心を維持するため、支援会のおかげで獲得された近々行なわれるデジレ・ジョンソンの仮釈放を、様々な見出しをつけて第一面に呼び戻していた。けれどもこの事件はもはや静まりつつあり、死の脅威は遠のいたととらえられていた。そして通信社が配信した中面にある簡潔な公式声明に目を留めたのはごく少数の読者だけだった。何行かが現状の要点に割かれており、何行かは、あとになって思えば、この五月五日水曜日が歴史の始まりで、心胆を寒からしめる日であることを知らせていた。

テロリスト集団〈ジョン・ウェインの良心〉は、中近東にて六名を人質として誘拐したとの犯行声明を出した。ダマスカスに向かう民間および軍の援助活動家が行方不明になって数日が過ぎており、懸念が高まっている。テレビ局〈アッラー・ナンバーワン〉に送られて来た声明文のなかで、このゲリラグループ——きょうまでその名を知られていなかった——は、身代金五億ドルを得られない限り、人質の処刑を行なうと脅迫。その金は〝優れたテロリズ

ム〟の育成にあてるという。

一見、この犯行声明はいたずらのようだった。そしてお粗末なほど陳腐だった。二年前から、ひどく漠然とした大義に身を捧げる武装集団が中近東で増加していた。この悪党どもは、宗教関係者になり代わり、手当たり次第何でも要求していたのだ。そして、事件に関係がある複数の政府が、脅しに屈するなど論外であると言明すると、この事件は落ち着いたかのように見えた。だが五月十日の夜、〈アッラー・ナンバーワン〉が未公開のビデオを放映し、事件はその重大性を露呈した。ビデオには、おびえきってうずくまる六名の人質の姿があった。彼らの周りでは、顔を覆った男たちがピストルとサーベルをこれ見よがしにかざし、人質の首にその刃を滑らせていた。そして、カウボーイハットをかぶったゲリラグループのリーダーが進み出ると、冷酷かつぶっきらぼうな口調で声明を読み上げた。

「あまりに多くの素人テロリストや、信仰も掟《おきて》も持たない殺人者が我々に与えている侮辱への返答として、人質拘束は芸術的行為であると表明する。我々は自分たちの任務の正当性を信じており、ジョン・ウェインを忘れてはいない。それゆえ、私はここに〈殉教者《マルティール》アカデミー〉の開校を正式に宣言する」

リーダーが殉教者《マルティール》アカデミーという言葉をひときわ声高に発すると、手下たちは勝ち誇って銃とサーベルを人質の頭上で振り上げ、叫んだ。

「殉教者《マルティール》アカデミー！ 殉教者《マルティール》アカデミー！」

続けて、アラブなまりの強い英語で、その目論見についておぞましい説明が始まった。

「我々のカメラが油断なく見守るなかで、六名の人質は六カ月間、歌やダンス、そして課題をコンクール形式で競うことになる。この番組はインターネットを通じて放映され、全世界の視聴者は自分の選ぶ参加者に投票できる。毎月末には、最も得票の少なかった参加者が処刑されることとなる――不敬虔な政府どもが我々の要求を聞き入れるまでは」

彼は地面にうずくまる男四人と女二人のほうを向き、教官が生徒を励ますときの口調で締めくくった。

「諸君、テロリズムは特殊技能であるということを君らに示せるかどうかは、我々にかかっている。そして、戦う術を心得ている被害者ならば必ずや生き延びるチャンスがあるということを実証できるかどうかは、君らにかかっている。覚悟を決めて、精神を集中しろ、試練は明日始まるぞ。君らの人生は君ら自身が握っている。それでは、最も優れた者が勝利せんことを！」

民主的な社会に広がった恐怖は想像するにあまりあった。諸政府はこのシニカルなゲームで罪なき命が失われていくと知り、そろって憤りの念を表明した。そして自分たちの怒りを明らかにしたのちに、人質の命を救って同時にゲリラグループを排除し、彼らの活動に終止符を打つために万策を講じると発表した。ジョン・ウェインの娘は口を開き、西部劇のスターが今回の卑しい見せ物と関連づけられていることに対し、納得しがたい旨を示した。主要なテレビ会社の社長たちは競って、犯罪者集団が罪なき娯楽番組を盗用したやり口にショックを受けていると言明した。リアリティ・チャンネルの番組ディレクターは、海賊版という言葉を口にし、商業上の権利侵害とまで言った。〈スター・アカデミー〉の若い参加者たちは、抵抗のしるしに、前年の優勝者であるブリトニーのもとに結集し、手に手を取って人質に捧げる愛の歌を歌いだした。

各当局の声明によれば、〈殉教者《マルティール》アカデミー〉のインターネット放送を阻止するためにあらゆる手段が尽くされるはずだった。だがまもなく、そのような取り締まりは困難であることが明らかになった。時代の移り変わりとともにセキュリティ・システムができては破られ、世界のインターネットはすっかり無法地帯になっていたのである。情報のやりとり、ホスト、および地球全体に散らばるサイトが増加して、ウェブをどこまでも錯綜《さくそう》させていた。最先端にいる専門家であっても、ひどく流動的な——しかもたえず変更される——回線を見張るのは不可能と思われた。その回線は、ネット上で人質の映像が広まることを許していた。〈殉教者《マルティール》アカデミー〉第一回は、形ばかりの検閲を難なく突破した。はじめのうちは自分たちの倫理が命ずるものに引き止められていた各主要テレビ局も、視聴率の魅力に長くは逆らえなかった。そして行政官庁の同意を得て、〝知る権利を侵すことを懸念し〟、いくつかの場面を放送した――極端におぞましい映像は検閲して削除したが、ネットユーザーならその映像を見ることができた。

この異常なコンクールの最初の課題として、ジョン・ウェインの信奉者たちはカラオケコンテストを開催した。各参加者は、テロリストたちの用意したバラエティ豊かなリスト――主にアメリカのヒット曲で構成されている――から一曲選ばなくてはならなかった。そのあとで、マイクを手にカメラの前で歌うことになっていた。舞台は監禁場所に即席で作られたもので、星をちりばめた武装勢力の旗を使った背景幕で簡単に区切られていた。ライトが舞台を照らす一方で、ゲリラグループのメンバー何人かが椅子に座り、ピストルを手に観客役を務めていた。そんな状態のなか、最初の人質兼参加者が舞台に現われた。人道支援をしていた韓国人の女性看護師だった。提示された曲はろくに知らず、知っているのはディスコ・ミュージックのヒット曲《アイ・ウィル・サヴァイヴ》だけだった――状況にぴったりの曲を、目を閉じ、ほとんど身じろぎせず、彼女はけなげに歌い始めた。多少のアジアなまりが歌詞をゆがめてはいたが、腰でリズムをとりリフレインを力づけようとしていた。だが曲の途中で、この参加者は恐怖に襲われ、カウボーイたちのブーイングに泣き崩れてしまい、次の参加者に場を譲った。

物資は貧弱だったが、テレビ番組を思わせるものを再現しようとあらゆることがなされていた。実技のあと、人質はくつろいだ明かりのなかでインタビューを受け、感想を打ち明けることになっていた。テロリストたちもルールに従ってゲームに参加していた。視聴者は、戦闘服と手袋をした手が、おびえきった言葉をもごもごと話す被害者にマイクを向けているのを目にしていた。

二番目の参加者は、ドイツ人の男性ジャーナリストで、もっと自信がありそうな様子を見せていた。素晴らしいヴィブラートをきかせた《ラヴ・ミー・テンダー》を歌い終えると、知る権利の名を借り、もったいぶった態度で自分に投票するよう視聴者へ呼びかけた。さて、一番みじめな参加者といえば、明らかに売り場主任の五十三歳のカナダ人男性だった。離婚経験があり、中近東の危険地帯には酒店を開業して財を成そうとやってきたのだ。はじめ彼はイスラム原理主義グループに捕らえられたが、カラシニコフ一挺と交換され、ジョン・ウェインの良心に再利用された。彼はリズムに乗って歌う努力すらできず、事の重大性にはほとんど気づかず、ただただローンで購入した家と飼い犬の体を心配していた。最初の週より早速グループのなかで抜きん出ていたのは次のふたりの参加者だった。まずは十七歳のケヴィン。理由は、彼は一番若いうえに、そらで知っているヒット曲を歌って無邪気に楽しんでいたからである。その様はまるでスターのようだった。次に六十五歳の年老いたクリスチャンのフランソワーズ。理由は、彼女が「子どもたちのために」と童謡を口ずさみ、全世界の観客の涙をしぼったからである。しかも、もし誰かが死ななければならないのなら、年齢を理由に、自分を一番にすべきだと言い添えたのだった。〈殉教者《マルティール》アカデミー〉の抜粋箇所がすべて放送されると、投票に参加して誘拐犯の卑劣な脅しに加担することのないよう、ニュースキャスターが視聴者に呼びかけた。おびただしい人々の声が、テレビで、ラジオで、新聞で、参加するのは下劣な行為だと繰り返した。最初の週が終わる頃、緊張の高まるなか、〈アッラー・ナンバーワン〉はカラオケの課題の結果を明かした。ゲリラグループのリーダーは相変わらずカウボーイハットの下に顔を隠しながら、コンクールの優勝者である六番目の参加者の体に左腕を回した。それはクウェート人の男性料理人で、彼はさかりのついた男が上げるうなり声を交えて《セックス・マシーン》を口ずさんだのだった。他方では、降伏のしるしに地面にひざまずいて頭を垂れた、一回戦の敗者である韓国人の看護師がいた。あとの調査でわかったのは、西洋とアジアの視聴者は、投票しないようにという政府の指示に従ったということだった。それに対し、アラブ諸国のネットユーザーは、パソコンに突進していた。そして、自分たちと宗教を同じくするただひとりの参加者を選び、ラクダ一頭の価値すらないとこの女性に刑を宣告したのである。

一回目の結果は、西洋の世論を目覚めさせ、各国において国民の連帯意識を高め、自国の参加者に大挙して投票するよう後押しするのに十分だった。まるでスポーツの試合のようだった。各ラウンドは一カ月続き、四つの課題から成っていた。最初の処刑までには、まだあと三週間あった。来るべき殺戮《さつりく》の場で、クウェート人が必然的にたった一人の生存者となるのを、道義だからと受け入れられるだろうか？　抵抗の引金を引いたのはデジレ・ジョンソンで、それは自分の出所の顛末《てんまつ》を語るために引き受けたテレビ番組に出演している際のことだった。スタジオでは、最後の煙草を吸う前に摘んだ花にちなんで、子どもの一団が元死刑囚にスミレの花束を贈ったところだった。彼は子どもたちに取り巻かれながらマイクを手に取ると、〈殉教者《マルティール》アカデミー〉の人質のために呼びかけたのだった。

「視聴者のみんな、俺が人生を大事に思ってるのを知ってるよな。みんなの支援のおかげで、俺は刑務所を出られたんだ。けど、いま別の人生が危機にさらされてる。俺たちは投票してそれを支えなきゃならない。自分の好きな人間に投票してくれ、とにかく何が何でも投票してくれ。たとえチャンスは平等じゃなくても、君たちひとりひとりが投じる小さな一票——誰かに、または別の誰かに——が、人生を思う君たち自身の叫びとなるだろう」

このメッセージを受けて、良心が真に解放された。二週目からさっそく、多くの市民が各自のパソコンで、参加者のだれそれを特別扱いしながら、おおっぴらに〈殉教者《マルティール》アカデミー〉の展開を追い始めた。〈スター・アカデミー〉の生徒たちは、公式にケヴィンを支持した。「彼がほかの人たちより優れているわけじゃないけれど、一番若くて、目の前に開かれたその人生に対する権利がある」退職者協会はそれと真逆の主張をし、フランソワーズを救うよう求める自作の請願書を提出した。「なぜなら、彼女は一番年配で、その無私無欲な態度は世界中の人々を圧倒したからだ。我々の社会はこうした深い人間性なしでは成り立たない」

三週目は膨大なクイズで始まり、六人の参加者たちは文化に関する問題に答えることになっていた。人質たちは相変わらず、カメラの前で恐れおののいているようだった。一方、自由のある世界では、彼らはいまやスター扱いされていた。メディアはその人となりを紹介した。ゴシップ誌は各人の知られざる話とプライベート写真をかき集めた。〈殉教者《マルティール》アカデミー〉は最も人気のある公開コンクール番組となっていたかもしれない。もしも、四週目にさしかかったときに、奇跡が起こらないかぎり参加者のひとりが一週間以内に喉を掻き切られると、人々が認識していなかったならば。

9

たっぷり二十分前から、囚人護送車は勝利大通り《ヴィクトワール》の渋滞のなかで立ち往生している。僕がふたりの警官にはさまれて座っていると、防弾ガラス越しに通行人が目に入った。彼らは仕事帰りで、赤信号で立ち止まっていて、歴史あふれるこの街に住むことに満足しているようだった――現代を生きるには、ある種の順応が必要とあっても。彼らの多くが、顔にハンカチをあてていた。そうではない人たちは、路上で一ユーロダラーにて売られているマスクを選んだ。コーヒーフィルターに似た形の、口元と鼻にかぶせてゴムひもで留めるものだ。この人の群れを見下ろして巨大なポスターが市役所の正面を覆っていて、全市民が月曜日まで参加できるイベントを告知している。

〈第五回　澄んだ空気の週末〉

僕が役人だったとき、公害防止センターの出した部外秘の統計データによって、ちょっとした分析を行なったことを思い出した。分析の結果、奇妙なことがわかったのだった。澄んだ空気の週末——市長とそのスタッフが市中を闊歩《かっぽ》して〝呼吸する街〟を称える——の期間中は、オゾンと二酸化炭素の濃度が、年間で見るとほかの日（そちらのパーセンテージも体にとって許される最大値をすでに超えている）と比べて平均一・五倍なのだ。というのもこのイベントを目立たせようとして、市長が十ほどの大通りと高速道路の往来を禁止したおかげで、車はそれ以外のいたるところで、ものすごい渋滞のなかに隙間なく身を寄せることになったからだ。車の往来を全面禁止できたかもしれなかった。けれども、〝よしたほうがいいと勧める〟だけにとどめてしまったのだった。この勧告は当事者、とりわけ実際に車を使っている郊外の住民たちに対してまったく何の影響力もなかった……そう、彼らは澄んだ空気の週末のイベントに来るために車を使うのだ！

また、車両通行止めの道路で行なわれる数々の催《もよお》しでは、娯楽的な雰囲気のなかで市民たちの関心を呼び覚まそうとしていた。僕は、実行方法に関する資料に記載されていたそれらの一覧を覚えている。

1. 自転車とローラースケートとキックボード用の広場を交差点に設置。
2. 住民を〈酸素カフェ〉で歓待。そこでは客が、大気とその組成に関する情報に触れることができる。また、汚染レベルの見方や分析法を知ることもできる。
3. きれいな空気でふくらませた色とりどりのゴム風船が、一時間ごとに子どもたちによって放たれる。

もう忘れてしまったが、このあとにもまだ項目があり、そんな催しが日曜夜の閉会式まで続く。そして、市長はきまって閉会式で〝空気と人生〟について壮大な演説をぶつのである。

その週末のあいだ、大通りを閉鎖するせいで汚染は著しく増大する。だがそれだけではなく、空気の祭典は〝一年を通じて〟大気汚染の悪化を助長するのだ。というのも、週末にそれらの催しを行なうことで、市役所とメディアは続く月曜日になると早々に、このテーマを放置してもよしということにしてしまうからだ。地球の生活環境の悪化を前に誓いを表明したあとですぐに別の関心事に頭を切り替えるということが、彼らにはできるのだった。たとえば、景気回復の緊急性や、自動車生産における明るい指標や、消費が二桁の伸びで成長するアジアからの〝朗報〟とかいったものに。環境破壊は、景気回復や自動車生産、アジアの国々の二桁成長によって進んでいると異を唱えることも可能だろう。それでも、規則はのんきなものにとどまるはずだ。節度を保って責任感を持ちながら、一方で楽しみ、もう一方では控えめに憂慮するのだ。

そう考えを巡らせてみると、この街に戻ったところで何のノスタルジーも感じなかった。初めてこの街にやって来たときに好きだと思ったものはいまや残らず消え失せ、ブランドショップに取って代わられていた。乳製品専門店、魚屋、職人の工房、深夜のバーや早朝のレストラン、薄暗い通りやほこりをかぶった古道具屋、地元の映画館……。それらの代わりに見かけるのは、ブティック、ブティック、またブティックばかり。そして街は、世界中どこへ行っても出会えるありふれた名物を自慢げに並べている。貧乏人およびそれより多少金のある人間に向けたファストフード店（この場合、ファストフードは伝統料理を装っている）。仕事のスケジュールと週末によって定められる生活リズム。通常、夜半過ぎにはビストロが閉まる。どこでも禁煙。いたるところで拡大する子どもの権利（家の近所の学校前にある、車の往来のない小さな十字路には、八つもの赤信号が設置された）。早い話それらは、世界で最も素晴らしい街のひとつであると自己評価しているこの都市の表面に張りつけられた、地方都市によくある小心さからなる快適さなのだ。囚人護送車の中からそれに気づき、僕は実のところ大したものは失っていないんだと胸の内でつぶやいた。それから、気持ちを強く持つしかない、とも。

僕の把握したところによれば、五回目になるこの澄んだ空気の週末中の交通状況は、〈殉教者《マルティール》アカデミー〉のケヴィンを支持してレピュブリック広場で催されるデモのためいっそう悪化するだろう。メディアはこのデモが、フランソワーズの命を救いたい退職者の隊列およびドイツ人記者を一番に考えるジャーナリストの隊列と衝突することを懸念している……。ただ、ケヴィンの支持者たちは、最高の味方のおかげで優位に立っていた。デジレ・ジョンソン、彼がデモの先頭を歩くことになっているのだ。彼によると、何よりも大事なのは「将来を担《にな》う若者を救うこと」だった。釈放されて以来、デジレ・ジョンソンは預言者さながらの存在となり、その写真が街じゅうの壁に貼られている。護送車の中で僕の左右に座っているふたりの看守も、やはり彼の支持者だった。若いほうは坊主頭をしたインドネシア人の男で、ガムを嚙む同僚の背の高いチリ人の女に、ついさっきこう言ったところだった。

「マジで、デジレが花であの言葉〈人生バンザイ〉を書いたときには、気持ちが明るくなったよ。これから死ぬ人間だってのに、すごい精神力だよな!」

「デジレが警官を殺したなんて、ぜったい信じない。あの笑顔を見るだけで、人生を尊重してるんだってわかるよ……。あんたとは大違いだね、このゲス野郎!」チリ人の看守は、親しげともいえそうな笑いとともに僕をひじでつつきながら応じた。

黙っていることもできただろうが、僕は口を開いた。先に控える審議への布石を打つつもりで。

「少なくとも、あの事件のおかげで、この国で煙草を吸う権利について皆が考えることになるでしょうね」

「そこは、どうもついていけないんだよな!」インドネシア人が言い返す。「何でデジレは、人生の権利と煙草の権利をまとめて擁護できるんだ?」

「人生の権利というのは」僕は答えた。「危険な楽しみを味わう権利でもあるからです。ただ、ジョンソンには賛成しかねるところもあって……」

「あら、そうなの? 聞かせてよ?」往々にして囚人と看守の距離を縮める、例のざっくばらんな態度でチリ人が聞いた。

「いいですよ。それはですね、年寄りや女性、または子どもよりは、五十歳の男を殺したほうがいいと主張するところです!」

とたんに、彼女の笑顔はしかめ面に変わった。

「ああ、あんたみたいな変態が、弱い人間やあどけない子どもたちに手厳しくても、べつに意外じゃないさ！」

「そうじゃなくて、これはきわめて重要な問題なんです。僕にしてみれば、子どもというのは最低限の反応しか持たない未完成の存在なんです。無意識に近い状態で、食べる、泣く、支配するということ以外考えていません。一方で年寄りはというと、死をすでに身近に感じていて、それがもたらす休息を待ち望んでいます。女性については言うまでもありません。彼女たちは平等を獲得しましたが、女性に特権を与えるその理由が僕にはわからない……。いや、思うに、大人の男、四、五十代の男こそが、支援を必要としているんです。世間での軽視のされようを考えれば。まだ人生を愛しているのに、近づきつつある死を感じている。その知的能力から、自分では脂《あぶら》が乗りきっていると思っているのに、上司は彼を厄介払いするつもりでいる。そこらじゅうで、年下の人間が、彼に取って代わろうと待ち受けている。離婚した妻からはじゃま者扱いされ、扶養手当を払うことだけで、かろうじて評価されている。我が子には完全な時代遅れと思われている。秘書はというと、〝セクシャルハラスメント〟で告発して金を払わせようと、ゆがんだ笑顔が出るのを待ち構えている……。人生において、すべてが頂点に達し、崩れ落ちていく。人間の状態の象徴として、これ以上に儚いものは見当たりません」

「だから子どもたちを苦しめたくなるって？」
「苦しめようとしたことなんか一度もない。無視してるんです。子どもたちには、何ひとつひかれるところがありません。言葉の豊かさや世間での駆け引きの機微《きび》、愛の喜びと苦悩にやっと向き合ったばかりの、人間になり始めの存在なんですよ。人生というものをまだしっかり理解していない人間がいることに同意いただいたうえで、両親を慰めながら死ぬ病気の子どもたちのことを考えてみてください。その子たちにとって死は、表面的で実体がないに等しい通過点にすぎないんです。かたや、働き盛りまっただなかの大人にとっては、ノスタルジーの強烈さと深淵をのぞくときのおびえというのは計り知れないものです。こうしたことを踏まえると、この種の選択を避けえない場合には、人道にもとづき、成熟した男よりも乳幼児を殺すほうが望ましい――乳児ならなお良し――との結論になります」

ここでまた、僕は自分の罪を認めたようになってしまった。しかもおかしなことに、僕が明かした子どもへの関心の無さは――看守たちのおおざっぱな頭の中で――女の子にどうしようもなくひかれると変換されているみたいだった！　僕の件に関する論理には、どうやっても耳を貸してもらえないようだ。僕が無実である証拠を理性が突き止めても、感情が否認するのだ。

ラティファも、何週間も要請してきた市長との会談の際にそれに気づいたはずだ。彼女は要請するたびに市長室から拒否の旨を伝えられていた。このことは、僕の助言が市の仕事仲間に高く評価されていたつい最近の過去を徹底して黙殺する態度を物語っていた。そういうわけで、〝子どもに対する罪を犯した者〟に言葉をかけることは冷たく拒否されるだけなのだ。おまけに、秘書たちの声に含まれる非難がましい調子までもが、まるで僕の犯した罪で街のイメージが損なわれたとでもいうようだった。それでも、何があろうとラティファの決意は鈍らなかった。僕が手錠をはめられて自分の家に戻ったあの家宅捜索のときでも。サルコが哀れな様子で僕の脚にせわしなくとびついてくるあいだ、警官たちは写真やビデオ、すなわち忌まわしい犯罪の痕跡を探して家をひっかきまわしていた。そして何も見つからなかったのに、僕を刑務所へ逆戻りさせた。

高い地位にある人物の支援があれば僕を救えると信じ、ラティファはぜひとも市長に僕の無実を証明したいと思っていた。その目的を達成するため、彼女は最終的にジャーナリストとしてのペンネームを使って電話をかけ、女性誌用の「大型インタビュー」を申し込んだ。門戸はすぐに開かれ、三日後には、女性の友である市長との会談を実現させた。市長は自らロビーまでラティファを迎えに来て執務室へと招いた。

ラティファは本心を隠しながら手帳を取り出し、当たり障りのない質問から始めた。市長は目を輝かせ、額には一房のグレーの髪をきれいに垂らし、内々の話をするような口ぶりで、その胸の内や政治家人生におけるいくつかの極意（正直であること、厳格であること、金に興味がないこと、何より「人に心から関心がある」こと）を嬉々として打ち明けているように見えた。十五分ほど経って、こうした打ち解けた内輪の雰囲気が漂うなか、ラティファはずっと言いたくてうずうずしていた質問をようやく投げかけた。

「ご意見をお聞かせください市長、最近投獄されたあの〝技術顧問〟の不幸な事件を見直してみたいのですが……」

彼女が質問を言い終えていないのに、僕の元上司は深刻な面持ちになって、しかるべき見解を述べた。

「ぞっとしますし、胸が悪くなりますな！　我々の役所の中で、小さな子にあんなことをするとは。あの件は彼個人の過ちととらえています。ご存知ですか、少年課によると、さらに十四人もの子どもが猥褻行為の被害者だったかもしれないんです。市は告訴しましたし、私はあの男が罰を免かれることのないよう全力を尽くします」

「いえ、私は〝不幸な事件〟の話題を出したときに、むしろこんなことを考えていたんです……被告の不利となる確かな証拠は何もない、なのに彼の人生は、本人が断固として否認している犯罪のせいで台無しになっていると」

「犯罪者は、きまって否認するものだ！　あの男がこの建物の中で、子どもたちの健康に害を及ぼして煙草を吸ったことを思い出すべきではないかな？　その事実が、彼の思考回路を雄弁に物語っていますよ！」

「けれども証拠としては、少々物足りないですね！」

市長は瞬時にして彼女が僕の言い分を擁護していると察し、その口調が変わった。女性誌に載る自分のインタビューの印象を悪くしないよう、彼は周到に問題を切り離した。

「よろしいかな、マダム、あなたがなぜあの男に興味をお持ちなのかはわかりませんが、私の思うところを申し上げましょう——ここからの話は、インタビューとは関係のない、内々のものということで……」

面会室で僕に説明してくれたが、ラティファはその声に攻撃的なにおいをかぎとった。市長は、まさに次のとおりに打ち明けた。

「あの男は長年ここで働いていました。彼のことはよく知っています、変質者だということもね！　例を挙げましょう。私が街の空気を浄化してこの市を住民たちの手に戻そうと努力する横で、奴はかぎ回って当てにならない分析をまとめたんですよ、大気が文字通り毒入りになるということを証明する目的のものをね」

「たぶんあなたの役に立とうとしたんでしょう」

「その通り！　だが私はね、私の活動の良い面を際立たせるほうで役に立ってほしいんですよ！まだあります。まず、私が行政センターの半分を託児所に変えようと骨を折っていたとき。そして、この仕事にとりかかって、官舎を解体していたとき。また、私が新しい部屋をつくり、乳幼児用スペースや児童用スペースの設備を整えていたとき（市長の話を聞いていると、工具箱片手に彼自身が一から十まで行なったように思えてくる）……要するに、私が公共の福祉のためにこうした業務を行なった際に、奴――まあ、そうはいってもバカではないが！――が最善と判断したことは、子どもがうろついていると仕事に差し支えると申し立てる少数派の役人たちに加わることだったんですよ。聞きましたか、**子どもたちにじゃまされている**と言うんですよ……。そこまでいってしまうのは、何かがおかしいんです。加えて、奴が子どもたちを廊下でののしることがあったという報告を受けています。ゆえに、この人間は私のスタッフ内にいる敵であり危険人物かもしれないと考え始めたのです。なかなか受け入れがたいことではありますが！」

「もし彼は無実だと申し上げたら？」

この言葉を聞くと、彼はムッとした顔になり、ラティファの仮定をはねつける仕草を示した。

「マダム、子どもの発言に関わる問題なんですよ！　それに私の目標は、子どもたちに言葉を取り戻すことなんです。では、ここだけの話をしましょう。ご存知ですかね、私は毎月子ども市議会を開いて、市の改良に関する希望を聞かせてもらっているんですが……」

彼は政治家の口調を取り戻した。

「さて、私は臨時会議の招集をかけました。我々の若き市民たちが、本件に関連するトラウマを取り除けるようにと。なぜなら子ども同士で話していると、事実が歪むことがありますから……」

「子どもたちがいつでも真実を話すわけではないと、暗におっしゃっているんですか？」

「ふざける気分ではありませんでね、マダム……。そういうわけで、私はこの臨時会議で〝子ども裁判〟を開く予定でして、そこであの男の事件に裁定が下るでしょう。もちろん、単に象徴的な意味においてですが。会議の際、被告人の同席を認めるよう司法機関に頼みました。被害者たちが、自分たちに悪事を行なった人間がどんな人間なのかわかるようにと」

ラティファはそのやり方の乱暴さにうろたえた。けれども、人間味があって親切だと評判のこの男は、学術的ともいえる生真面目な態度で自分を正当化した。

「こうした方法は、心理相談室の承認を得ています。心理相談室はアマンディーヌが危害を受けたのちに設けられました」

彼はアマンディーヌの名前を、まるで彼女が自分の子どもであるかのような口ぶりで言った。そして、彼はそれ以上は何も言わなかった。

護送車を降りると、行政センターの警備員がふたり、インドネシア人とチリ人の看守に合流した。いま僕は、彼らに監視されながら、議場の入口ホールで待機しているところだ。テレビ画面のおかげで、僕らは審議が開始されるのを見ることができた。階段状になっている議場の壇上に座る市長は、デジレのスローガン〈人生バンザイ〉を引用した変わったポロシャツを身につけていた。彼の横に座る裁判長は十歳ぐらいの女の子で、きちんとしたスーツを着て、口紅を塗っていた。そして四歳から十四歳の百人ほどの議員たちが列に並んでおさまっていた。机にはリュックサックと菓子が置かれている。ときおり子どもがわめきだすと、その母親が傍聴席から降りて来て、なだめてから大人たちのもとへ戻るのだった。大人たちには、議会中に口出しする権利がない。一部のローティーンの子たちはセクシーな服を着ていた。なかでも、ぴったりしたTシャツを着た女の子たちは、その服のおかげでふくらみかけた胸が強調され、小さなおなかは人目にさらされていた。まあ、その話はここまでにしておこう……。市長が重々しく説明するとおり、僕らは子どもに〝よる〟ものではなく、子どもに〝対して〟行なわれた猥褻行為が理由でここにいるのだから。

「親愛なる同僚の皆さん（彼はこの言葉をにこりともせずに口にした）、ご存知のとおり、君たちの仲間であるアマンディーヌに対して行政センターの役人が恐ろしい危害を加えたのを機に、我々は臨時会議に集まりました。まずは君たちに安心してもらいたく思い、元凶である人物は〝もはや当施設の職員ではなく〟現在は拘置されているということを声を大にして申し上げておきます……」

市長のまなざしには熱意がこもっており、口調は真剣だった。どちらも、これまでの会議で目にした覚えのあるものだ。僕の件を審理するにあたっても、見事なまでの誠実な態度は健在だった。

「しかしながら、それだけでは不十分だということも心得ています。アマンディーヌはこの数週間、一度も託児所に来ていないのです。定期的に電話をかけていますが、彼女はまだショックから立ち直っていません。彼女にとっても彼女の家族にとっても、通常の生活を取り戻す道のりは長いものとなるでしょう。彼らと――そして、猥褻行為の被害者かもしれない十四人の子どもたちとも――手を取り合いながら今回の子ども市議会を招集することの必要を私は感じました。市議会は、きょうは子ども裁判となっています。私は、君たちが本件に関する自身の考えを話せるようになってほしいと思っています。このトラウマをどう経験したのか言えるようになってほしい。思い出すために話し、理解するために話し、そして忘れるために話せるようになってほしい。さて本会において、非常に喜ばしいことに――私が司法機関と親しくしているおかげで――容疑者の同席を確保しました。君たちは、彼に面と向かって、自分たちになされた悪事を言ってやることができます。私は、これ以上の長広舌は振るいません。この議会は君たちのもので、私のものではありませんから。それでは、私は議場の後方に並ぶ傍聴人の列に加わり、この場を君に委《ゆだ》ねます、裁判長、進行をお願いします」

彼は、親指をしゃぶり始めていた女の子のほうへ優しげな顔で向き直った。すると女の子は急に身を正し、かしこまったポーズを取り戻した。

「開廷の言葉をありがとうございました、市長」

それから、目の前に置かれた原稿を丹念に読み上げ始めた。一文字また一文字と、子どもっぽくまごつきながら。

「私たちが準備委……員会で決めたとおり、裁判にかける男をなかに通し、まず検……事に、続いて彼のベ……弁護士に発言してもらいます――これは、子ども裁判が実際の裁判所の、み……

民主的な方法を尊重していることによります」

この最後の決まり文句に続けて、女の子は大声で言った。

「警備員、被告人をなかへ！」

市役所の警備員ふたりが、僕に立ち上がるよう合図する。彼らは議場のドアを押して僕と一緒になかへ入り、片時たりともそばから離れない――僕がまた小さい女の子に襲いかかる場合に備えているのだった。多少ぼうっとしながら、手錠をかけられたまま議場をぐるりと見回すと、それは政治家たちが議論を交わすありふれた会議場に似ていて、議員のための階段席があり、一番高いところには傍聴者用の広い桟敷《さじき》席があった……。違っているのは、議員がガキの脳みそと、甘い菓子をかじっている醜いツラを持つところだ。菓子をむさぼり食う口は、乳歯が抜けたばかり。鼻は天井を向き、まだ小さな手がテーブル上を動き回ってメモを取っている――国務にあたる本当の政治家さながらに。一部の少年は、親がこの時のためにと買い与えたグレーのスーツを着ていた。親たちは、子どもたちを将来的には行政の職に就かせるつもりでいるのだ。年長の者たちはバラ色の頬をしながらも、頭を丸刈りにして耳にはいくつものフープピアスをつけている。彼らの前に進み出る際、野次が相次いで、消しゴムと鉛筆が投げつけられるのではとひやひやしていたが、彼らは子どもっぽい顔つきとは対照的な大人の態度と厳粛な沈黙を保っていた。

「検事のジョナタン・ルデュクは壇上へ」裁判長が言った。

十二歳ぐらいのブロンドの男の子が列から出て来た。頭は——その幼い年齢にもかかわらず——高級官吏のごとくはげているように見える。また、ごく端正な髪型が、エリート役人の持つインテリぶった感じを彼に与えていた——加えて、いささか大きすぎる長方形の眼鏡と、首に結んだネクタイが、その感じをさらに強めていた。彼は聴衆席を隔てる柵の付近で僕と一緒になり、そのあとで司法界の若きエースのように話し始め、メモもなしに口頭弁論を行なった。

「親愛なる同僚の皆さん、私は、小さい頃に見たミッキーマウスのアニメのあるエピソードを思い出しました。そのエピソードでは、筋金入りの独身主義者プルートが、自分は子どもが好きではないと言い張るのです……。話の始めのほうでは、プルートはたえず愚痴をこぼし、子犬の群れにくってかかります。子犬たちはプルートに、遊んでよと言っているだけなのに。やがて、どんでん返しが起こります。子犬たちがとうとう彼を無視するようになるのです。そうなると、プルートは奇妙で迷惑な貪欲さをもって子犬たちを見張り、追い回し始めるます。この、ひかれる気持ちと嫉妬が入り交じったものは、プルートが一匹の雌犬と出会って自分も父親になったときに落ち着くこととなります……」

ジョナタン・ルデュクは言葉をいったん切ってから、話を続けた。

「アマンディーヌの悲しい事件を知る過程で、何度もこのエピソードを思い出しました――ただ、私は彼女と直接知り合う機会に恵まれていません、なぜなら彼女はずっと年下で、彼女が保育園にいたときに、私はもう大きい子向けの託児所にいたので……」

雄弁家らしい仕草がその発言に添えられた。

「そう、私はこの男の件を検討しながら、プルートを思い出しました。この男は、無防備な少女に危害を加えた理由を聞かれると、例の厚かましい否認の言葉で返したのです。〝まさか。そもそも、子どもになんか興味はないんだ！〟」

彼は沈黙の時間を取り、それから良識のある口調で説明を加えた。

「言うまでもなく、子どもに興味のない人間とありすぎる人間のあいだには何らかのつながりがあります。私たち子どもを避ける人間と、往々にして人の道に反する抑えきれない欲動を私たちに向ける人間とのあいだには」

いったん事件の心理的枠組みを提示すると、検事は証明に移った。

「被告人は子どもに対する病的な憎悪に動かされた、と主張すれば、おおげさなと思われるかもしれません。そこでこのことを証明するのに、証人の力を借りたいと思います。私たちは――行政センターの担当部署協力のもと――交通公団が保存していた録画ビデオにより、その人物を捜し出しました。大人の言葉は全面的に信用できるものではないということは、よく心得ています。けれども今回関わっているのは年配の女性であり、おばあちゃん（にっこりしながらこの言葉を口にした）とお呼びしたくなる類の方なのです。皆様、ご静聴願います」

裁判長が合図をすると、六十五歳の女性が議場の後ろのほうで立ち上がった。柵へ向かって降りて来る。すぐには誰だかわからなかったが、彼女が証言を始めると、そのしゃがれ声には聞き覚えがあり、バスの奥でもうひとりの女性と一緒だったのをまざまざと思い出した——あれは、いつにも増していらいらしながら仕事から帰った日だった。彼女は聴衆に顔を向け、供述した。

「まさかとお思いになるでしょうけど、子どもたちはバスの中でとっても静かに座っていましたのに、この男性はどうなったんですの。〃あの礼儀知らずのちびどもを見てくれ……〃。そんなかんじだったと思いますわ。誰も何も頼んでいませんのに、彼は子どもたちを立たせたかったみたいで！　まるで子どもたち、そう天使たちには、託児センターでの疲れなどがあるわけないといわんばかりでした……」

僕は思わず叫んだ。

「僕が小さかった頃はですね、奥さん、子どもは大人に席を譲ろうと立ち上がったものですよ！」

「被告人、あなたに発言権はありません」裁判長がすげなくさえぎった。

検事のルデュクはというと、参会者に聞かせようと皮肉な文句を加えた。

「被告人がいつの時代の話をしているのか私にはわかりません。ただ皆さんは、〝かの名高き時代〟に行なわれた教育法のもたらした災禍《さいか》の実例を目の前にされているのです！」

参会者から嵐のような拍手が起こる。裁判長は静粛を求めたのちに、ジョナタン・ルデュクに発言権を返した。そこでさらに彼は、眼鏡を指先でつまんで鼻にのせながら、さっさと結論に向かう。

「私たちは司法手続きに介入したいと思っているわけではありません。ご存知のとおり、この裁判は単なる参考意見であり、大人の裁判のみが被告人の悪事に対する権限を握っています……。しかしながら私は、この男にはシャレにならない危うさが現われていると確信しています。アマンディーヌとその家族（被害者と推定されている十四人はさておき）は、苦しみから立ち直るため、彼がしかるべき懲罰を受けることを必要としています。しかし、私はひとりの子どもであり、また人生を信じておりますので、どんな大人も決定的にだめになることはないということも申し上げておきたいのです。それゆえ、被告が悪夢から抜け出す手助けとなる適切な治療を裁判官が考慮に入れてくれることを願うのです……」

「きさまが僕の唯一の悪夢なんだよ、この鼻たれ小僧が！」

僕は自分を抑えきれなかった。おかげで、検事が半笑いとともに締めくくるのを許すこととなった。

「ほらね、言ったとおりでしょう……」

いっせいに起きた押し殺した笑いが参会者のあいだを駆け抜け、裁判長は赤い唇からいま一度親指を外して、被告側が発言する番であると告げた。マリンブルーのスカートとブラウスを着た十一歳の少女が柵へと降りて来た。長い三つ編みが二本、肩に垂れている。いい子ぶりっ子っぽい。彼女は穏やかな声で発言した。

「さきほどルデュク検事が言及した興味深いアニメから、私はむしろ別の側面を取り上げようと思います。プルートが家庭を築いて、ようやく穏やかさに巡り会えた場面を。何しろ、被告人の件を扱うにあたり、父親になれない苦しみと、子どもたちに接触する機会の欠如――これは一種の嫌悪となって現われています――を考慮しないのは理不尽ではないかと思うからです。この点に関し、また別の証言に耳を傾ける必要があります」

この小さな修道女は、僕の有罪に異議を唱えるつもりは毛頭ない。彼女はひたすら、僕が子どもたちの友になりうる人間で、パパになれない自分にがっかりしているパパなのであると示そうとしている。それにしても、僕に償わせるためにこの裁判が頼ろうとしている下劣な方法については想像だにしていなかった。というのは、弁護士は持論の裏付けに際し、こう告げたのである。

「これからいらっしゃる方は、被告人を誰よりもよく知っています。彼女は、被告人の石のように冷たく硬い心の奥に隠れた父親らしい心を見抜いているのです……」

議場の後方で、ラティファのすらりとした美しいシルエットが立ち上がるのを見て、嗚咽《おえつ》が漏れそうになった。彼女は疲労と苦悩でやつれた顔をしている。そしてラティファがいつものエネルギーを失った悲しみに満ちた大きな目で僕を見たとき、彼女にどんな脅しがかけられたのかを悟った。「あなたが証言し、裁判の決まりに従い、子どもに関してあの男が持つ問題を説明して、私たちが情状酌量を求める。もしくは、あなたが拒否して、私たちが手を引くかのどちらかです」ふたりの幸せな夢を頭から追い出し、ふたりで過ごした日々に目をつぶり、ラティファは証言をするために出廷したのだった。なぜならこれが最後のチャンスだからだ。見たところひどく疲れた様子で、彼女は柵に片手を置き、質問に答え始めた。

「この男性と暮らしてどのくらいになりますか？」

「十年です」

「おふたりは幸せでしたか？」

「幸せそのものでした。愛し合って暮らし、喜びを育んでいました」

「そのなかで、少々身勝手なことなどはありませんでしたか？」

「あったかもしれません。でも、そうこうしながら私たちは幸せでした」

「でしたら、その幸せをお子さんと分かち合いたいとは思われませんでしたか？」

ラティファは一瞬沈黙してから、僕と自分の両方を売り渡しているかのように、絶望して僕を見た。

「たしかに、そう思うこともありました。でも、そもそも、彼は子どもを欲しがらなかったんです！」

ささやきが聴衆の間を駆け抜けた。幼い弁護士は、暴露されたこのきわめて重要な情報を強調しようと振り向いた。

「この場にいる皆様は、事件の背景に一組の男女の悲劇があるとお気づきになりつつあるのではないでしょうか……」

そしてふたたびラティファに質問した。

「もうひとつ、何と言うか……パートナーを見ていて、子どもに対する、そう小さな女の子や男の子に対する不審な態度に気づきませんでしたか？」

僕のパートナーは、叫ぶような声を上げた。

「いいえ、一度だってそんなことはありませんでした、誓って！　この事件は何から何まで、でたらめに決まってます！」

いくつもの叫び声が議場の中に上がった。何人かの親が立ち上がってわめいている。

「よくもそんなこと！　子どもたちがたしかにそう言ってるっていうのに！　このバカ女！」

この騒ぎを利用して、僕はラティファに聞いた。

「何でわざわざ罠にはまりに来た？」

「これしかできることがなかったのよ。パタキ弁護士が請け合ってくれたし。許して」

裁判長が木槌《きづち》を叩く。

「静粛に願います……」

ラティファが嗚咽を漏らしながら小さな声で言う。

「くたくたなの、もう無理。わかってくれるわよね、私はちょっと距離を置くわ。どうか万事うまく収まりますように」

弁護士は質問を再開した。

「最後の質問です、マダム。いまでも、子どもが欲しいと思っていますか？」

「ええ、そうですね」ラティファが答えた。

「つまり、子どもが欲しいというのは……被告人とのあいだに?」

僕の素敵なパートナーはまた一瞬沈黙し、ため息をついて目を伏せた。

「もうそれは無理だと思います」

彼女はこちらを振り返りもせずに議場の出口へ行ってしまった。僕は打ちひしがれ、万人から見放された死人のように取り残された。一方で、幼い弁護士は結論を下した。

「どう考えても、有罪であることに対して異議を唱えるのは難しそうですが、情状酌量を求めたく、またこの男性が以前は良きパートナーであった——らしい——ことを、いま一度思い出していただきたく存じます。また、必ずや専門家の方々が彼の件を検討し、そのゆがんだメカニズムを明らかにしてくれるものと信じています。父親になるのを妨げ、アマンディーヌと十五人ばかりの子どもたちに対して常軌を逸した行動をするよう駆り立てた、そのメカニズムを」

「このくそガキ!」

沈黙が降りた。さほど大きくはないが、議場のすみずみまで届く通る声だった。そこで、僕は口にしたばかりの言葉を後押しするかのように、力をふりしぼって悲しみを振り払い、裁判長のほうを向いてごく冷静に頼んだ。

「裁判長、このくそガキに黙ってもらい、僕に発言権を与えてほしいのですが。この裁判において、僕にはその権利があるように思われますので」

壇上の少女は、怒った子どもがよくやるふくれっ面になった。そして、言葉を探す様子を見せたのちに、子どもっぽく答えた。

「私の友だちにひどいこと言わなくてもいいじゃない！」

それから少女は、おぼつかないながらも、重々しい声で言葉を続けた。

「とはいえ私たちの裁判は民……主的なものですので、短い時間ではありますが、あなたには発言する権利があります」

「ありがとうございます、裁判長。もっとも、長くはかかりません」

できるだけ丁重で節度ある口調を保ちつつ、聴衆に顔を向けた。

「僕はただ申し上げたい、このアホなガキどもに……」

その言葉に対して野次が起こり、幼い裁判長は木槌を何度か叩いた。

「静粛に願います」

僕は全部言いきってやろうと心に決め、言葉を続けた。

「僕はただ申し上げたい、鼻たれ小僧の寄せ集め、そう将来何者にもなれないヒヨッコどもに。

僕はただ話しておきたい、テレビを見過ぎで、どんなバカバカしいことを吹き込まれてもすぐ影響を受けるし、両親は片棒をかついでそれを後押しする、不愉快なガキどもに……」

また別の野次が起こった。今度は、大人の聴衆の列からだった。

「僕はただわかってもらいたい、このうらなりどもに。君らは学校で真面目に勉強して、発言を許されるのを待ち、許可を得るには手を挙げて、最低の行為をして罰せられ、稀《まれ》にする良い行ないにより報いを受ける、そうしているのがお似合いだ……」

沈黙が降りた。意外なことに、彼らの子どもっぽい顔は、若干の笑みを浮かべて輝き始めた。悪口雑言の洪水は子どもたちに強烈な印象を与えた。が、それは前時代のサーカスによるものと変わらないのだった。いまや子どもたちは僕に耳を傾けており、屈託なく、まぬけな様をし、僕が猛《たけ》り狂った演説を続けるのに大喜びだった。

「僕がただ申し上げたいのは、あのバカちびアマンディーヌに手を触れたなんてぜったいにありえないし、あとの十四人に対してはなおさらだということです。なぜって、子どもほどつまらないものを知らないからです。君らは、僕にとってはまだ人間ではない、というかただの小さな動物なんだ。害を与えようなんて思わない——自分たちの檻の中にとどまっていて、僕の大人の人生をじゃましない限りは。僕の大人の人生は、君らの人生に比べて、はるかに困難で、豊かで、扱いにくい。しくじったときでさえ、君ら赤ん坊の挙動に比べて、はるかに美しく、悲劇的なんだ。僕にすれば、君らはいないも同然、十四人のガキもアマンディーヌもだ。早い話が、あのちびガキなんか気にかけやしないし、小さいアソコに僕のザーメンをかけてやろうなんて夢にも思わない」

ラティファが去った以上、もう自制する礼儀なんてかけらも持ち合わせていない。僕はただただ、この生き物どもに、客観的に見たときの彼らの無用性を教えてやりたい。一方、子どもたちは僕のことをひどく奇妙なけだものと見ていた。最前列に座る、異常に太った十歳ぐらいの男の子は、口を半開きにしたまま、少しよだれを垂らしている。この子はひどく愚鈍そうだ、ということは——いま、やっと理解したのだが——何かを説明することすら無駄なんだ。しかも僕のことを、赤ん坊の頃から手の届くところに置かれている数えきれないほどの余興のひとつとして見ている。この見解への確信が強まると、僕はぴたりと熱弁をやめ、いまの状況のバカバカしさに思い至り、ため息をつきながら念のために言っておいた。

「僕はただ煙草を吸っただけです」

沈黙が続いている。僕の弁護士は何としても僕を打ち負かしたいらしく、こう突っ込む。

「そうだとしても、子どもたちの健康をあまり尊重していません！」

「けど何だって子どもを尊重してほしがる？　子どものほうが、僕を尊敬するもんだろ！」

この言葉に対して、新たに笑い声が上がり、議場を駆け巡った。僕は何らかの良識をもって話したつもりだったのに。幼い検事は早くも柵へと戻って来て締めくくった。

「大人の裁判に関わるあなたの罪状の話には触れないでおきましょう。煙草のことにも。あなたはおそらく最も堕落した種類の人間です、それでも人間味ある多少の感情を見せることはできるはずです――私にはそう思えます。それに、せめて一度でも、子どもへの敬意および始まったばかりの人生への支援を表明すれば、まだ罪を軽くできます。デジレの素晴らしい態度を見習ってはいかがです？　皆から犯罪者と見なされながらも、あの言葉〈人生バンザイ〉を言えた彼を。この行ないのおかげで、彼はしかるべくして釈放を得たのです。あなたは自分の釈放をしかるべくして得るために、何をなさるおつもりですか？」

それが問題なんだ。ジョンソンになぜ納得がいかないかを説明はできるだろう。そもそもあの無実の者への賛美は、僕の見解では、誤った認識のもとに成り立っている。けれども、こんな考え方で臨《のぞ》めばますます自滅するしかないだろうから、もう沈黙するよりほかにないとわかっていた。僕は、親指をしゃぶりながらこちらを見ている裁判長に顔を向け、うんざりした顔で言った。

「帰らせてくれ！」

僕は看守たちに囲まれて、それ以上何も言わずに議場をあとにした。

背後でドアが閉まったとき、僕はホールに自分の弁護士の姿を認めた――本物の弁護士、マレン・パタキだ。来ると約束したのに、またもや遅刻だ。それなのに、いままでにはなかったことだが、彼女のそんな姿を目にすると何だか元気が出てきた。無能な人間に守られている僕に助かるチャンスはゼロだ。しかし、何もかも（仕事、身分、パートナー、名誉）を失ったいまとなっては、彼女の凡庸さは客観的な要素であり、人間の条件のとてもシンプルな素質であるように思えるのだ。僕は陰謀の被害者ではなく、軽率さが自然に積み重なった結果の被害者なんだ。おまけに、マレン・パタキはいつもどおりにわずかな罪悪感も感じていない。彼女は僕にこう言うだけだった。

「あなた最悪だったわ！」

「そうですか？」

「そうよ、ほんとに最悪！　おかげで、どうやっても弁護できないわ。子どもたちの言う通りよ。私に協力して、何かしてちょうだいよ、デジレみたいに！」

それなら、今度は僕が彼女の役に立つ番だ。そして、彼女の華々しい依頼人がしたように無実の罪を晴らす番だ。

10

一ヵ月のあいだ、デジレ・ジョンソンの最後の一服は、テレビ視聴者に気をもませ続けた。四月末、広告市場は、死刑囚の想像力のおかげで絶頂に達していた。しかしながら大統領の恩赦が出たとたん、世界の視聴者はまた無関心になってしまいそうになった。そしてスポンサーたちが早くも予算を減らそうとしていたとき、〈殉教者《マルティール》アカデミー〉の恐ろしい企てが多くの市民をテレビの前に引き戻し、視聴率も先のサッカーワールドカップ以来の数字まで押し上げた。一部の論客は、たとえ非難されうる問題提起になるとしても、臆することなく陰謀説を持ち出した。眉《まゆ》唾物《つばもの》のこのテロリスト集団は、裏工作によって生まれたのではないか？　実際のところ、メディア大手たちの下で働いているのでは？　するとすぐに激しい抗議の声が上がり、人質の命をもてあそぶこうした冷笑的な意見を退けた。デジレ・ジョンソンは、被害者支援を呼びかけるキャンペーンに参加し、「真心をもって」投票するよう呼びかけて、情報操作を行なう専門家たちの口を決定的につぐませた。

番組開始から一カ月が経ったこのような状況下で、初戦の敗者の名前がついに明かされた。モダンダンスの課題では楽勝の様子だったというのに、敗者はドイツ人ジャーナリストだった。誰もが驚いた――カメラの前で「僕は情報を得て伝えるために、この地域に来ました。僕を殺すということは、報道の自由を殺すということです」とたえず繰り返していた、まさにあの男である。彼の同業者たち（世界各地にて彼を解放するために闘い、その職業が特別な免罪符をもたらすに違いないと信じていた）が表明した憤りが不利に働いたのか？　任務を受け入れた報道員なら、自分を待ち受ける危険については承知しているものと視聴者は考えたのだろうか？　それとも、若者や年寄りや女性ではなく四十歳の男が一番先にくたばるべきと考えたのだろうか？　いずれにせよ評論家たちは、今回は参加者の出身や宗教が投票において何ら決定的な役割を果たさなかったとの認識で一致した。投票者たちの大半は、その出身が西洋、第三世界、アジア、アラブのどれであろうと関係なく、この男を敗者に選んでいた。一方、若いケヴィンと年老いたフランソワーズは依然として優勢を保っていた。四週間にわたる課題が終わると、世論はより〝成熟した〟ように見え、外部の思惑《おもわく》に屈することなく自分自身の選択を行なっていた。そのとき、ゲームはとびきり面白いものになりつつあったが、あらゆることがひとつの恐ろしい疑問のもとで膠《こう》着《ちゃく》していた。

ジョン・ウェインの信奉者たちは脅しを実行に移すのだろうか、それとも寛容な処置を訴える声に応えるのだろうか？　毎朝、人々はドイツ人ジャーナリストが許しを得るニュースを聞きたいと願っていた——ただし、人間的な心の片隅にあるサディスティックな部分では、テレビを前に最悪の事態を期待していた。一週間後、死刑が執行されたとの報道があり、続いて映像が流れると、番組を娯楽とみなすところまで行っていた人々の熱狂が冷めた。ゲリラグループのリーダーは、後ろ手に縛られた犠牲者をひざまずかせると、カメラを前にその手で喉を掻き切り、おびえた表情を浮かべる血まみれの首をこれ見よがしに振り上げた。この場面の耐えがたい残忍さを受け、ふたたび人々の良心がうずきだした。ネット利用者たちは、この異常な番組のボイコットを宣言した。また、テレビ局の多くは〈殉教者《マルティール》アカデミー〉の放映をあきらめ、秘密情報機関が囚われた人々の釈放を目指して水面下で活動するのに任せることにした。

そのまま何もかも忘れ去られていたかもしれなかった。ところが、そこに新たな報道発表が行なわれた。ある男——未成年者十五人に対する猥褻行為により拘置されている——が、〟人質ひとりの命と引き換えに、〝ゲリラグループに身を委《ゆだ》ねる〟ことを望んでいるというものだった。記事では、この男が刑務所で判決を待つ原因となった卑劣な事件が要約されていた。判決は、五歳の女の子に対する猥褻行為および行政センターの子どもたちが被害者になったと目される倒錯した関係を作った嫌疑に下される。そこに同情の余地はない……。男は女の子の夢を打ち砕き、自身の人生をも台無しにして、職とパートナーも失った。そこで彼は、担当弁護士のマレン・パタキに提案書を手渡したのだ。そのなかにこう述べられていた。〈こうすることで、アマンディーヌを心理的に支援し、彼女を苦しめている悪魔を追い払う手助けをしたい、また、罪なき命を救って汚名をそそぎたいと思っています〉。

誰もが予想だにしていなかった急展開だった。彼の声明を報道関係者に発表したとき、マレン・パタキ弁護士は歓喜に満たされているように見えた。またしても、彼女の依頼人が素晴らしいアイデアを思いついた! 卑劣な犯罪者が表明したものであっても、今回の申し出は〈殉教者《マルティール》アカデミー〉の展開を変えるはずである。このスクープをあらゆるテレビ局が放送し、世間の人々はふたたび議論を始めた。ある者は人質交換を認めるべきと考え、またある者は、人質の命を救うためであっても裁判所の規則に反するのを嫌った。そして前者の見解が断然優位を占めていた。それはたとえば、テレビのニュース番組で三十三歳のシステム・アナリスト、フランソワが端的に述べたようなものだった。「あいつは最低なことをしでかした。頭がおかしいんだ。ただ、自分の首を失うかもしれなくても罪のない人間を救って汚名をそそぎたいというのは、つまり、あいつにはわずかながら人間の尊厳が残ってるってことだ。彼にチャンスを与えたらどうだろう?」アマンディーヌの母親は〈あららチャンネル〉で質問されたが、それとは違う意見だった。フェイクレザーのパンツに紫のブルゾンをはおった彼女は怒り狂い、憤慨した声で言った。「そんなんじゃ、娘が立ち直る助けになんかなりゃしない、あんな経験したんだから! いまじゃもう、口をきかなくなって、学校にも行こうとしないんだよ。それにまだ損害賠償だってもらってない。苦しむのはいっつも子どもたちだよ! 肝心なのは、あの人でなしが社会に負っているものを償うこと、回復に向かうためにアマンディーヌがちょっとばかりの慰めを得るってことさ」

マレン・パタキ弁護士はこの懸念に答えるかのように、不測の事態を伴う中近東への移送に先立ち、被告人は自分の財産を裁判所へ委ねるつもりでいると発表した。政府当局の基本姿勢は、この件の当初より変わっていなかった。〝誘拐犯とは交渉しない〟。複数のおもだった被害者の会は、ますます表立って公式見解と対立するようになった。〈ゲス野郎と罪なき人の人質交換に賛成!〉街角で配られているビラにはこう叫ばれていた。この論争において決め手となった出来事は、司教とイマームとラビによる諸宗教間グループが〈罪なき人を救って罪人を清めるこの慈悲あふれる行ないを認めるためにできる限りのことをするよう、民間および宗教の当局者に懇願する〉声明を出したことだった。宗派を問わず教会の力が政府よりも常に影響を及ぼす状況下では、この平和へのメッセージが決定打となった。

そのとき、誘拐犯の意向を考慮に入れていなかったことに気づいた。人殺し集団が、犯罪者と引き換えに無実の人間を解放するなどということは期待できるはずがない。人質交換を行なって危険に身をさらすというリスクをとるとも思えない。答えが出ないでいるところに、テロリストたちからのメッセージが〈アッラー・ナンバーワン〉で流れ、ようやく彼らの公式見解が明らかになった。彼らは宗教当局の呼びかけに応じて、テロリズムを改善することを主な目的とする自分たちの大義が有するヒューマニズムを世界に示したいと思っていたのだった。そのため、人質交換の基本方針を彼らは受け入れた。こうしたすべての事情を考慮し、共和国大統領はテレビインタビューで、自分が最終的には宗教の専門家たちの意見に同意した理由を述べた。人質交換は六月後半に行なわれる。正確な日時は内密にされていた。

数カ月後、〈主キリスト・チャンネル〉の独占インタビューで、その劇的な場面がどのように繰り広げられたのかをエル・ゴウリ師が語った。

人質交換は、シリア国境から数キロ離れた砂漠の真ん中で行なわれた。宗教界の重鎮たちからゴーサインが出ると、その地域に配置されていたキリスト教武装集団が、道中の護衛を引き受けた。まず特殊部隊が、渦中の人物をベイルートまで護送することになっていた。複数の関係者が承諾した計画では、その次にマロン派教会の代表が囚人を人質交換の地点まで送るという取り決めになっていた。そして、この種の闇取引に慣れているカトリックの司教エル・ゴウリ師が、僧服の下で長年かかって作り上げたスパイ流儀を踏まえながら、この使命を確実に成功させるという任務についていた。

人質志願者は、ふたりの私服警官にはさまれてベイルートの空港に到着すると、そのままレバノン警察に護送されて司教館別館へと向かった。車は建物の高く白い壁の内側に入った。ここで、宗教外交の機密事項が決定されているのである。囚人は手首に手錠をはめたまま車を降りると、逮捕されて以来初めて尋問の重圧から離れ、守られた場所に入ったと感じた。ジャスミンの芳香が漂う庭の中央では、噴水から水がほとばしっている。車を降りてまもなく、黒色のスーツに身を包んだ司教が正面玄関の階段を歩いて来るのが見えた。顔は陽焼けしており、襟の折り返しには小さな銀の十字架をつけ、口には煙草をくわえていた。老練の好戦的な人物らしい足どりで階段を下りると、エル・ゴウリ師は賓客を迎え入れるかの物腰で来訪者のもとへやって来た。

「初めまして、お会いできて嬉しく思います」Rの音を巻き舌で発音しながら、彼はしゃがれ声で言った。

それから、特殊部隊の代表者たちやレバノン警察の人々に挨拶する時間はとらず、よく来てくれたといわんばかりに囚人を抱擁してこう言った。

「明日の朝には出発することになっていますが、あなたと少しお話しできればと思っています。一緒にお茶を飲み、祈りましょう。そちらの方々、手錠を外してもらえますか？」

「ええっ！　ここはホテルじゃありませんよ！」ひとりが叫び、同意しかねるといった態度をあらわにした。

司教は激怒して彼のほうを向いた。

「承認を得た取決めによれば、囚人はいま私の手に委ねられているんだ。だから自分の思う通りにもてなすし、そうしたいと思えば、大切な客人として扱う。明け方には、私は王者キリスト《クリスト・ロワ》部隊の兵と共に出発し、人質交換の場所へ向かうつもりだ。あなた方はここで私の帰りを待つことになっている。さあ、庭の向こう側にあるアパルトマンを自由に使いなさい。話はここまでだ」

囚人は手錠から解放されると、司教によって天井の高い部屋へと導かれた。部屋は、何人もの司教や総大司教を描いた数々の肖像画に取り囲まれている。ふたりは重厚な木製テーブルに、向かい合わせになって座った。修道女がトレーを手に部屋へ入って来てお茶を出すと、この聖職者は両切りゴロワーズの箱をポケットから取り出し、話し相手に一本差し出した。

「この種の問題では、とんでもない嘘や厄介な誇張によって人生が台無しにされることがあると私は心得ています。教会にいるとそうした事態によく出会うのですが、痛ましい経験ですよね」

六月末の強烈に暑いなかを中近東に来るにあたって、囚人は明るい色のスーツと薄手のワイシャツを着用していた。彼のワードローブから自分で選ばせたのである――その選択が、テレビ放映されているゲームにおいて重要になるかもしれないという理由で、司法機関自らが服の選択を重視したかのようだった。恐ろしい状況に陥《おち》っているこのとき、不思議なことに元市職員はここ数週間で一番自由だと感じていた。そして何も言わず、幾度か煙草を吸い込み、渦を描きながら自分の周りに吐き出した。司教はまだ話し続けていた。

「昨今、豊かな国の子どもたちというのはひどく神経質ですな！」

彼は子どもに対する犯罪を軽く見て、告白を聞きたがっているようだった。囚人は苛立ちの表情を見せた。

「その通りかもしれません……。ただし、僕は小さい女の子に手を触れたことなんてありません！」

「無実だとしたら、なぜ人質になってその身を捧げられるんですかな？」

「ただの一秒も、無実を証明させてもらえないからです！」

「裁判を待つこともできたでしょうに」

「それだって、子どもに〝トラウマを与えない〟ように非公開で行なわれたことでしょう。私の弁護士は、もう何も期待できないと決めてかかってます。言ってみれば、僕は名誉のためにこの行為をやり遂げるというわけですよ！」

「まだ引き返せますよ」

「いえ、どのみち僕はすべてを失いました。それに……作戦があるんです。ジョンソンのあの事件のおかげで。ご存知でしょう？　彼が花束で〈人生バンザイ〉と書いたときのことです」

「あれはうまい手だった」司教が評した。「彼は有名になりましたな。小さなチャンスをきっかけに、まもなく罪が晴れ、おまけに補償まで受けることになっています」

「それはよかった。ただいずれにしても、僕は彼の持論に反論したかったんです。たしかこうでしたね。〝俺はぜったいに迷惑をかけない、年寄りと、女と、子どもと……〟」

「〝……障害者には！〟。そうそう、覚えてますよ。昔ながらの原則ですな。あれですよ、〝女性と子どもを優先すること!〟」

「たしかにもっともですが、弱者を守ることばかりにこれほど気をつかう世の中で、男は、四、五十歳の平凡な男は、少しの同情も受ける資格がないのでしょうか? もし自分にその力があるなら〈殉教者《マルティール》アカデミー〉のどの人質を救いたいかと考えたときに、僕はこの問いに行き当たったんです」

「でもどうやってあの番組を見ることができたんですかな?」

「心構えができるようにと、刑務所長がインターネットにアクセスさせてくれまして……。それで僕は消去法をとり、まずは若さをひけらかしてあらゆる課題で勝つ、あのバカ男ケヴィンを消しました。どうせ、一番若い人間というのは一番無分別で、おそらく一番死を恐れていない人種なんです……。それからフランソワーズを消しました。あの年配の女性はまっさきに死にたいと願っており、墓に片足を突っ込んでいるも同然ですから」

「少々手厳しいな、あなたのおっしゃることは」

「いいえ、当たり前のことを言ってるんです、確固たる根拠があるといってもいいぐらいですよ、司教様。ジャーナリスト、彼もだめです、僕の中では長生きしませんでした。彼は取材のためにあの場へ駆けつけ、自分に起きたまさにそのことを追い求めていた人間です。ただたしかに、彼が呼び起こした反感が、僕の共感を誘う可能性もありました。けれども彼の処刑は、そうする暇を与えてくれませんでした」

「韓国人の看護師を選ぶこともできましたでしょう」

「もちろん、人道的な使命を負う彼女には心動かされます。けれども、彼女は世界の不幸に魅力を感じていながら、まだ傷や苦しみにとことん寄り添ったことがないように見えます。ですが今回、彼女はやっと堪能できていますよね……。それから、あのアラブ人の話は結構です。彼は、テロリストたちが自分と同じイスラム教徒だからという理由で大目に見てもらえると信じています。でも、それは違うと思う、もし彼らの神が血を欲しているなら、テロリストたちは最初に彼の血に手をつければいい！」

彼はしばらく考え込んだ様子を見せたのちに、結論を下した。

「じつは、あの集団のなかでひとりだけが生き続けるに値するように思えます。その人物とは、イスラム戦争がそこらじゅうで起きている国に酒屋チェーンをつくって金持ちになりたいという、何とも愚かしいあのカナダ人です。ごく凡庸な参加者であり、あさはかで頑固で人の心を動かすことがほとんどないという特徴において人類の典型そのものです――そして、それがために不思議と気高いのです……。ほかの者たちが情に訴えて視聴者の心を動かそうとするのに対し、彼は飼い犬――妻に見捨てられて以降〝唯一のパートナー〟となった――の話をしています。僕もまた犬を飼っていました……。僕は、何の魅力もないこの男、歌えない、ショービジネスに必要な特性をひとつも持ち合わせない中年男に友情を抱き始めました。僕が選ばなければ、彼が助かるチャンスは万に一つもありません」

司教の目がきらりと光った。それは何か嘲笑的で皮肉なもので、剃り残されたひげと煙草、それから黄ばんだ指によく似合っていた。またそれは、話し相手との距離を縮めるものだった。司教は聞いた。

「どんな方法でそのメッセージを広めたいと？」

人質志願者はあきらめ顔で眉を上げた。

「あいにく、自分のあり方を伝えるのはなかなか難しくて。司法機関にこの申し出をしたときは、いかにも道理にかなっていそうな要望を伝えただけでした。つまり、代わりに釈放される人質は、僕と同じ四十歳から六十歳までの男性で、というものです。ジャーナリストが殺されたからには、もう酒売りしか残されていません。僕は弁護士と、それから元パートナーにも文書を送りました。この要望の意図を伝えるために。そしてあなたにも、僕の死後にこのことを広めてほしいと思っています」

「わかりました、お約束します」

ふたたび沈黙が降りた。ふたりの男は煙草の煙を吐き出しながら目線を交わし、やがて司教が締めくくった。

「何かお召し上がりいただき、横になってもらってから、出発しましょう。道のりは長いので、夜明けに起きなくてはなりません。人質交換は十五時きっかりに行なわれます」

黒色のスーツ姿の彼は立ち上がり、年老いた司教座聖堂参事会員らしい腰を曲げた歩き方で、囚人を食堂へと案内した。


明くる日の定刻に、車は予定通り二百二十五キロメートル走った地点、灌木の茂る砂地の丘と岩からなる景色のなかに停まった。百メートル強離れたところに、ゲリラグループのベンツが待っていた。囚人は後部座席で司教の隣に座りながら、喉が締めつけられるように感じた。まもなく彼は、常軌を逸したゲームの蛮行の渦中に身を置くのだ。前部座席にいる王者キリスト《クリスト・ロワ》の兵たちは、早く決着をつけてしまいたい様子だ。彼らはアクション映画のヒーローさながらの広い肩を持ち、膝には自動小銃をのせ、結核患者のような咳をしていた。彼らの抗議にもかかわらずエル・ゴウリ師が出発以来ひっきりなしに煙草を吸っていたのだ。おまけに、エアコンをかけていたので――灼熱の太陽の下にいるのだ――窓を閉め切っておかなくてはならなかった。兵たちは新鮮な空気を吸おうとしてようやくドアを半開きにしたあとで、囚人に時間になったと合図した。囚人は司教から最後の抱擁を受け、それから焼けつく砂を踏んで護衛たちのあとについていった。

カウボーイハットをかぶったテロリストたちが、彼らに向かって歩いて来た。人質に志願した囚人は胸を締めつける不安で身がすくみ、操り人形のように進んで行った。彼は目を大きく見開きながらも何も見ていないようで、ひと足ごとによろけていた。ついにふたつの集団が歩みを止めると、両陣営の護衛が、距離を保ちながらアラビア語で一言二言交わした。それからキリスト教徒の兵たちは、さらにまっすぐ二十歩進むよう囚人に命じた。一方、釈放される人質はこちらに向かうことになっていた。囚人は、自分を苦悶から引き離す最後の数メートルを入念にカウントしようと目を閉じて、ふたたび歩き始めた。十歩を数えたところで、どこまで来たのか見ようとまた足を止めた。すると突然、意識を取り戻したかのように叫んだ。

「だめだ、約束が違う！　そんなの認めないぞ！」

彼は、自分と向き合う形でキリスト教徒の車を目指してすでに走っている、人質のなかで一番若いケヴィンを目にしたのだった。テロリストたちは、彼の救いたかったカナダ人の売り場主任の代わりに、視聴者による投票で圧倒的支持を得たこの活力あふれる若者を選んでいたのだった。囚人は途方に暮れて振り向いた。だがこのとき、キリスト教徒の護衛のひとりがリボルバーで脅しながら命令した。

「進むんだ！」

威嚇されつつも、彼は本心をむき出しに叫びながら、最後の数歩でテロリストから離れた。

「こんなこと頼んでない、こんなこと言ってないぞ！」

しかしこのときすでに、ピストルを手にしたゲリラグループの一員は彼を荒々しくつかんで捕らえており、続けて簡単な英語でこう言いながら車に叩き込んだ。

「俺らにも道理があんだよ」

囚人の望んだこととは違っていたが、世論はこの自発的な行ないを好意的に受け入れた。今回の裏切り行為に驚いた唯一の人物である彼のパートナーは、新聞で彼の文書を公表した。その中で囚人は、自分の動機および〈男性で、四十歳から六十歳まで〉の人質を選んだことを述べていた。この所信表明は彼の評判を突き落とすのに一役買った。一部の人はそこに挑発を見た。だが多くの人は、子どもに対する犯罪の嫌疑を受けて厳しい刑を約束されている男が、救う人質の選択は自分がすると主張することに憤慨した。我々が彼をヒーロー扱いしたのは間違いだった。そして人々は、テロリストたちが卑劣さのなかにも、新入りの人質が持ち合わせていなさそうな道徳観を示したことを喜んでさえいた。

釈放された直後にテレビスタジオへ招かれた若いケヴィンは、それとまったく同意見だった。しかも恩人に感謝するどころか、男に対する感謝の気持ちなどないと言ったのだった！　男は自分を救うために直接は何もしていないし、別の人質を救いたいと望みさえしていたのだから。また、誘拐されて以来、アーティストになりたいと思っているとも言った。そして彼は、〈スター・アカデミー〉のブリトニーとデュオを組み、何週間もずっと顔を合わせていた人質たちを称える歌を歌った。とりわけ、〝英知をめぐる素晴らしい教え〟を与えてくれた年配の女性フランソワーズに捧げるものだった。

続く数週間、〈殉教者《マルティール》アカデミー〉は意外な展開を見せた。二回戦が始まったとたん、人質志願した四人が様々な課題において巧妙さを発揮し、他を大きく引き離して勝つのを、ネットユーザーたちは目にしたのだ。一般教養のクイズでトップに立ち、また――劇の審査時の――『ハムレット』の独白では頭抜けた才能を発揮した。歌の課題ではやや精彩を欠いたが、かなりの票に恵まれたようだった――おそらく、彼が遺言で味方をした、現役で働く多数の四十代、五十代によるもので、彼らは投票のためパソコンに飛びついたようだった。

司法関連の組織内では不満が膨らんでいた。たしかに囚人は若者の命を助けた。ただしゲームでは、ほかの者たちが生き残る妨げとならないよう、低迷することが期待されていたのだ。今後行なわれるであろう実力行使により生存者たちが解放されることを期待すると同時に、どうやら、彼が最初に死ぬべきだという暗黙の了解があるようだった。さらに、ほかの囚人たちが彼にならってテロリストたちに身を委ね、無実の人たち全員が解放されて、〈殉教者《マルティール》アカデミー〉がごろつきどもの果たし合いになればいいとまで思われていたのだ。

こうした期待を裏切り、囚人は持ちこたえていた。課題また次の課題をこなして彼が二カ月目の勝負を制すると、年配の女性フランソワーズが処刑されることになった――彼女自身が、自分の疲労および若い人たちを救う必要性を引き合いに出しながら主張していたとおりに。世界中の退職者たちの数の重みは、秤《はかり》を彼女の有利になるよう傾けさせるには足りなかった。なぜなら彼らは、現役で働く男性からなる労働者階級ほどパソコンの扱いに長《た》けていなかったからだ。課題の終わりごとに、カメラが人質志願した囚人の感想を撮りに来ると、彼はいつでも同じ話をした。小さな控え室へと改造された地下室の薄明かりのなか、剃り残されたひげのある、あまり光の当たっていない顔が見える。彼はウレタン製の赤色の古びた椅子に座り、こう話した。

「君のことを、そして一緒に過ごした幸せなひとときを思っていると、ラティファにただ伝えたい。僕らは、金や権力や子ども、それに服のブランドにはあまり関心を持たずに、共に人生の喜びを味わった。ふたりとも、人類を救うとか変貌させるとかいう必要性なんて感じていなかった。なぜって、おいしい料理とおいしいワインを味わう喜びを知っていたし、読書、映画、散歩、そして愛をめぐる喜びも知っていたからだ！　この幸せにはもう手が届かないのだから、もはや決着がつくのが喜ばしいぐらいだ……」

三回戦では、運命の女神は新しい人質に対してそれほど好意的ではなさそうだった。ただし人々は、彼が故意に状況を悪化させたせいではないかと考えた。というのは、いまや一連の課題すべてにおいて、彼はダニエル・M――トロント郊外にある大型スーパーの元売り場主任――と競わさせられていたからだ。この対決での人質志願者は、競争相手のレベルが著しく低いというのに、チャンスを無駄にしようと躍起になっているかのようだった。相手の上をいくことに努めるどころか、彼は挑戦者に敬意を表しながらこう話しかけるのだった。

「知ってるだろ、ダニエル、僕にはもう失うものは何もないんだ。だから君が、かわいらしい家とウイスキー、それに何より飼い犬を取り戻せたら、本当に嬉しいんだよ……」

ダニエルはこの言葉にわずかも心を動かされず、奇妙な態度を示すライバルを不信の目で見ていた。そして救いようのない愚かな顔でカメラを見、大声で疑問を口にした。

「バカなんじゃないか、こいつ」

それでも囚人は返事をした。

「いや、ダニエル、バカなんかじゃない。僕も犬を飼ってたんだ。サルコって名前で、すごく大切にしててね。サルコが僕のパートナーといまも一緒にいてくれたらいいんだけれど！」

このやりとりに続けて、ゲリラグループのリーダーが地理の問題を出した。

「フランドル地方は、ヨーロッパ、アジア、アメリカのうちどこにある？」

すかさずダニエルが答えた「アジア」。一方、競争相手は長々と熟考する様子を見せた末に答えた「アメリカ」。こんな調子で、彼は日々カナダ人を有利な立場にしていった。ただ、ダニエルは勝とうとして、競争相手は負けようとして、互いに全力をつくしたにもかかわらず、ふたりの男はほどなく同点になってしまった。そうなると、視聴者の今度の投票に活路を見出すしかなく、人質志願者はそれを利用してダニエルの有利になるよう呼びかけた。「ダニエルは健闘しており、その人生を、テレビの前にいる夜を、飼い犬を取り戻す権利があります。彼は間違いなく、この世の中に存在するにふさわしい人間です……僕はというと、ここまで来てしまったからには、自分が今後何の役に立てるのか見当もつきません」視聴者たちは納得してその指示に従い、三回戦の敗者に彼を選んだ。ゲリラグループが処刑は次週と発表し、ダニエルはカメラに向かって心中を打ち明けた。

「ああいうヤツはあんま好きじゃねえな、気味がわりいよ。けど、きょう勝てたのは猛烈に嬉しいぜ」

彼は自分の健闘を称えて、拳を突き上げた。

処刑が行なわれるのは、デジレが行政センターを訪れるのと同じ日だった。デジレは昼過ぎに市長の公式な出迎えを受けたあとで、史上初の〝人生を豊かにする喫煙所〟――ゼネラル・タバコ社が出資した、喫煙者用のこれまでにないタイプの空間――の落成式を行なう予定になっていた。その場所では、ニコチン中毒の人たちが、煙草をやめるための情報や助言を得たり、治療を受けたりできるのだった。デジレはテープカットを終えると市長とともに演壇に登り、多数のマイクの前へ進み出た。その後ろにはマレン・パタキが続く。彼は発案者の市長に感謝の言葉を述べてから、こう言った。

「市長、俺は自分が最後の一服のおかげで有名になったってことを忘れてない。だから、あれをほんとの最後にしておこうと思って、煙草をやめることに決めたんだ！」

群衆から拍手喝采が押し寄せる一方で、彼は〈殉教者アカデミー《マルティール》〉の罪なき人々を救出することが、現在、唯一の大きな課題であると諭《さと》した。そしてテロリストたちへいま一度呼びかけてから、この同じ日に喉を掻き切られるであろう男への思いを言い添えた。

「同情に値するよ、彼が過去に罪を犯したかもしれないとしても」

市長はうなずいて、しばし沈黙が流れるにまかせた。

時を同じくして、おびただしい数のネットユーザーが、処刑の映像を見るためネットに接続しようとしていた。ゲリラグループのリーダーは囚人——その目はカメラの前でパニックを表わしている——の髪をつかんだ。囚人はいつもの超然とした態度を失ってしまったようだった。そして、まるで視聴者に向けてポーズをとるかのように、芝居じみたさまで固まっていた。ゲリラグループのリーダーは、叫ぶ犠牲者の喉元に尖った長いナイフを当てた。

「やめてくれ、頼む」

彼の懇願は何の効果もなかった。数秒の時が流れた。そのあと、正義を守る男が人質の首を切っているあいだじゅう、血がほとばしり出て、囚人の身体はアヒルのごとくけいれんしていた。人殺しはサディストの外科医を思わせるやり方で彼の頭をすっかり切り落としてしまうと、その髪をつかんで振りかざした。大きく見開いたままの両目は、カメラに向かって情けを乞うているようだった。

訳者あとがき

物語の舞台は、ある共和国の都市。喫煙が異常なまでに厳しく制限され、子どもであることが皆の憧れとなっている。この世界が仮想のものであると、読み始めてすぐに気づく読者は少ないかもしれない。なぜなら本書の世界は、私たちの社会に潜む危うさを強調してつくられたもので、いつ現実になってもおかしくないからだ。

主人公の「僕」は一本の煙草をきっかけに、猥褻行為の容疑をかけられて職を奪われ、恐ろしい運命に巻き込まれていく。そのかたわら、死刑囚デジレ・ジョンソンも一本の煙草をきっかけに、社会を大きく動かすことになる。ここに、それぞれの思惑を持つ脇役たちがからみ、話は思いもよらない方向へと急展開。滑稽《こっけい》で皮肉っぽく、驚きに満ちたこの物語にはどんなラストが用意されているのだろうか？

「ページをめくるにつれて笑いが絶望に変わっていく……著者の描く世界は架空ではあるが幻想ではない」（ル・ポワン誌）、「嫌煙、小児愛、テロリズム、リアリティ番組。リスクもあるなかで、著者はこれらのテーマを巧《たく》みに扱う術《すべ》を心得ており、非常に見事な寓話を披露した」（ル・モンド紙）。二〇〇五年に刊行された本書は仏本国でそうした賛辞を受けたのに加え、英訳の刊行された米でも高い関心をもって迎えられ、ヴィレッジ・ボイス紙やロサンゼルス・タイムズ紙などに次々と書評が出た。

さて、本書は著者にとって初の邦訳作品だが、彼はすでに十冊を超える著作を持ち、一九九七年には ***Drôle de temps*** にてアカデミー・フランセーズ中短編賞を受賞、二〇〇一年には ***Le voyage en France*** にてメディシス賞を受賞している実力ある作家である。

ここで略歴に触れておこう。ブノワ・デュトゥールトゥルは、一九六〇年、モネの絵で知られるオート・ノルマンディのサン＝タドレス生まれ。元仏大統領ルネ・コティの曾孫でもある。十五歳のときに劇作家アルマン・サラクルーに作品を見せたのが作家人生の始まりで、一九八二年には作家サミュエル・ベケットに送った作品が認められて世に出る。音楽家またジャーナリストとして生計を立てるが、一九八五年に処女小説 ***Sommeil perdu*** を刊行したのちは、次々に作品を発表し、ミラン・クンデラも褒め称える才能を遺憾なく発揮。現在は作家、ジャーナリスト、音楽批評家、脚本家、ラジオ番組のパーソナリティなどとして、多方面で活躍中している。

さて禁煙というと、二〇〇八年一月にフランスで施行されたカフェやレストランなどを含む公共の場を全面禁煙とする法律を思い起こすかもしれない。ただ本書は、喫煙をはじめとする時事的問題をテーマにしながらも、本筋は、著者本人がザ・ストレンジャー紙のブログ上のインタビューで語った言葉にあるように思える。「僕がこの本で面白いと思っているのは、次のことを明らかにしているところなんだ。前向きな要素（健康、子どもの保護、メディアなど）がかつて見られた圧政のやり口と同じぐらい乱暴な暴虐行為にどうやって姿を変えるのか。また、以前は権力と支配という名のもとに振るわれていた暴力が、今日どうやって善と正義の名のもとに行使されるのか。これは現代のひとつの特徴だと僕は思ってる」そう、著者は、私たちの生きる社会は不確かな人の心で動いており、それゆえに善と悪とは紙一重であることを浮き彫りにしてみせたのである。そして、私たちは名もなき主人公「僕」だけではなく、それ以外のどの登場人物にもなり得る危険があるのだと。

さて少し本筋を離れるが、本書では、犬の名前がサルコ（サルコジ仏大統領の愛称に同じ）であったり、赤のマルボロのニコチン含有量が〇・〇四mg（日本で現在販売されている同銘柄は一mg）であったりと、細かなディテールも凝っている。ブノワ・デュトゥールトゥルの世界をいっそうお楽しみいただくために、ぜひお見逃しなく。

最後にこの場をお借りして、本書の翻訳にお力添えくださった多くの方々に心よりお礼を申し上げます。ありがとうございました。

二〇〇九年九月

訳者略歴　東京都立大学人文学部卒，仏語翻訳家，編集者　訳書『すべては消えゆくのだから』ローランス・タルデュー（早川書房刊）

幼女《ようじょ》と煙草《たばこ》

2009年10月10日　初版印刷
2009年10月15日　初版発行

著　者　ブノワ・デュトゥールトゥル
訳　者　赤星絵理《あかぼしえり》
発行者　早川　浩

発行所　株式会社　早川書房
東京都千代田区神田多町2－2
電話　03-3252-3111（大代表）
振替　00160-3-47799
http://www.hayakawa-online.co.jp

印刷所　株式会社精興社
製本所　大口製本印刷株式会社

定価はカバーに表示してあります
ISBN978-4-15-209073-7 C0097
Printed and bound in Japan
乱丁・落丁本は小社制作部宛お送り下さい。
送料小社負担にてお取りかえいたします。

優雅なハリネズミ

L'élégance du hérisson

ミュリエル・バルベリ
河村真紀子訳
46判並製

自分の知性を隠し、アパルトマン管理人の典型を生きようとする未亡人。大人たちの世界のくだらなさに幻滅し、自殺を志願する天才少女。二人は社会との係わりを拒み、自らの隠れ家にこもっていた。だが、日本人紳士オヅとの出会いによって未来が大きく拓かれる——哲学、芸術、日本文化へ自在に言及しながら、パリの高級アパルトマンに住む人々の群像をユニークに描き上げ、今世紀フランス最大のベストセラーを記録した感動物語

ハヤカワepi〈ブック・プラネット〉

カブールの燕たち

Les Hirondelles de Kaboul

ヤスミナ・カドラ
香川由利子訳
46判並製

タリバン統治下のカブールは、まさにこの世の地獄。町は廃墟と化し、人心は荒廃していた。看守アティクの心も荒みきっていた。仕事で神経を病み、妻は重い病に蝕まれている。やがてアティクは死刑を宣告された美しい女囚に一目惚れする。女を救おうと一人奔走するアティクを見て、彼の妻は驚くべき提案をするのだった――J・M・クッツェーが絶賛するアルジェリア系作家の代表作